W0303322

Le Chien

Akiz

Le Chien

roman

Traduit de l'allemand par Brice Germain

Flammarion

Titre original : *Der Hund*
Éditeur original : hanserblau
© hanserblau im Carl Hanser Verlag GmbH & Co. KG,
München, 2020.
Pour la traduction française :
© Flammarion, 2021.
ISBN : 978-2-0802-3448-3

1

On l'appelait le Chien. Je crois que c'est Vaslav qui lui avait donné ce nom. Je suis pas sûr, mais je crois bien que c'est Vaslav qui avait commencé. « Le chien. Là. Nettoie », quelque chose dans ce genre. En tout cas, le jeune type n'a pas mis longtemps à réagir au nom de « chien » et à lever les yeux quand on l'appelait comme ça.

Pour nous tous, le Chien était une énigme. Comme un sphinx. Un sphinx aux petits yeux, pas plus grands que des têtes d'épingle, on aurait dit qu'une tension électrique bleu-noir, toxique, s'était accumulée derrière ses pupilles, et de longs cheveux se dressaient dans tous les sens sur sa tête. On devinait à son visage quelqu'un de fébrile, d'avide, guidé par ses instincts, presque pervers, mais il faisait penser aussi à une statue filiforme d'un autre temps. Plus d'une fois j'ai vu des femmes l'observant en secret avoir des taches écarlates qui leur montaient aux joues ; s'il n'avait pas été si asocial et taiseux, il aurait pu toutes les avoir.

On racontait qu'il avait passé toute son enfance enfermé, dans un puits naturel obscur, quelque part au Kosovo, je ne sais pas si c'est vrai. Apparemment, il avait été maintenu prisonnier sous une lucarne et n'avait jamais vu âme qui vive. Et pas le moindre rayon de lumière. Juste le silence absolu, d'un noir d'encre. Pendant des années. Son seul lien avec le monde extérieur avait été la nourriture. On la lui glissait chaque jour par la lucarne. Des plats simples, des restes jetés sans amour sur une assiette. La plupart du temps du pain. Des haricots. Des pommes de terre. Parfois des restes de poulet.

Ses papilles ont dû peu à peu se développer dans cet isolement, comme le sens du toucher chez un aveugle, au bout d'un moment il pouvait lire dans la nourriture comme d'autres dans un journal. On racontait qu'il pouvait deviner, au goût, si les pommes de terre avaient été cultivées à proximité d'une autoroute, ou si la viande venait d'un animal abattu sans douleur ou dans d'atroces souffrances. Ou encore qui avait préparé le repas. Si c'était un homme ou une femme. Si elle s'était lavé les mains avant, si elle avait ses règles ou si elle venait de faire l'amour. Il devait avoir vu, comme des photos sur sa langue, des champs de pommes de terre dans une lumière trouble d'automne. Les seins en sueur de la femme au fourneau, et les aisselles jaune nicotine des caristes dans les entrepôts.

Impossible d'apprendre de sa bouche comment il était arrivé en ville, mais quelqu'un avait prétendu un jour que le Chien avait fait le voyage jusqu'ici quelques années auparavant, comme passager clandestin, en montant dans la remorque d'un camion polonais. On racontait qu'il avait pour seul bagage un sachet en plastique jaune dans lequel il avait fourré tout ce qu'il possédait et, si la rumeur disait vrai, la cicatrice sur sa tête venait de la batte de baseball du chauffeur de poids lourd qui l'avait surpris en train de s'échapper discrètement de sous la bâche du camion.

Quand je l'ai connu il devait avoir vingt ans, aucun mot ou presque ne sortait de sa bouche et, quand c'était le cas, ce n'était que des phrases courtes, bancales. Il ne regardait jamais les gens en face mais toujours sous le menton, au niveau du larynx, quelque part entre le cou et la bouche. Quand une chose le surprenait, en revanche, il vous regardait dans les yeux, pétrifié, horrifié, l'espace d'une fraction de seconde seulement, tel un animal mort de peur. Le Chien était un génie. Et c'était mon frère.

La première fois que je l'ai vu, l'hiver était derrière nous depuis longtemps déjà, et les premières nuits chaudes de l'année commençaient à faire fondre la face sinistre de la ville froide comme le dégel au printemps, les marteaux-piqueurs sur les chantiers avaient repris leur charmante mélodie, et le grincement des voies ferrées n'était plus aussi brutal qu'à la période du nouvel an. Les dernières décorations de Noël étaient arrachées des arbres le long des boulevards et, une nuit, juste avant qu'un nouveau jour se lève, il est apparu brusquement devant moi, dans le souterrain en face du snack.

Ses mains étaient enfouies dans les poches d'un bomber graisseux, et il me fixait. L'air absent. Sans un mot, comme s'il avait flairé mon odeur.

Des Russes bourrées de coke et aux allures d'allumeuses qui voulaient éviter d'exposer à la lumière du jour leur maquillage coulant, des baroudeurs espagnols sous ecstasy au sourire béat qui rentraient chez eux en rampant, comme des vétérans revenant du champ de bataille, et les passagers hystériques d'un bus, tous le dévisageaient avec curiosité. Ils déferlaient de part et d'autre autour de lui, comme des amas de déchets et de débris, et même les zombies dans leurs sacs de couchage puant la pisse et l'héroïne douceâtre, affalés sur le bord de la chaussée devant l'épicerie de nuit, le suivaient d'un regard nerveux.

Cela faisait presque un an que je travaillais chez Vaslav. À une époque pas si lointaine, il y avait un petit restaurant chinois ici. Maintenant on vendait des kebabs, des böreks et des boulettes kefta. Dès la tombée de la nuit, les haut-parleurs au-dessus de la caisse braillaient de la pop russe. Vaslav montait le son assez fort pour faire venir les fêtards sourds et fatigués, de la même manière qu'un phare, comme des mouches attirées par la merde, qui ne pouvaient s'empêcher de faire une dernière étape avant de ramper jusque chez eux pour s'écrouler enfin, les yeux cerclés de rouge et leur pantalon taché d'ayran, dès qu'ils avaient franchi le seuil de leur porte.

Vaslav a appelé le Chien et lui a proposé un kebab. En échange il devait nettoyer le bac collecteur encrassé sous le gril. C'était mon boulot normalement, mais il fallait que j'aille chercher les frites surgelées dans le coffre de Vaslav. Apparemment, le Chien était si affamé qu'il a hoché la tête sans rien dire, s'est saisi de la brosse et s'est mis au travail. À partir de ce moment il est venu tous les jours. Vaslav lui faisait passer la serpillière, graisser les bacs d'huile de friture et décoller les crottes de chien sur les pneus de sa vieille Classe S. Vaslav était un sale type. Des veines rouges énormes, grasses comme des vers de terre gorgés d'eau et larges comme des avant-bras, se gonflaient sur son cou et étaient comprimées, quand il hurlait, par un pull à col roulé noir serré. En fait, Vaslav hurlait tout le temps. Ses cheveux étaient courts, comme à l'armée. L'arrière de sa tête était plat. Le diable chie toujours au même endroit, et dans le cas de Vaslav, il avait eu la diarrhée. Le Chien supportait toujours tout sans broncher. Quand Vaslav lui crachait dessus, il n'essuyait même pas le mollard au dos de son bomber mais continuait de gratter la sauce jaune brunâtre dans les bacs en plastique, comme s'il attendait en silence, stoïque, que son heure vienne.

Presque en face, de l'autre côté de la rue, l'El Cion venait de rouvrir ce printemps-là. Le bruit courait depuis longtemps que l'ancien gérant avait été viré, que l'établissement avait fini d'être rénové dès l'été précédent et que Valentino avait retrouvé sa place de chef cuisinier. Il avait passé deux ans en taule, on racontait qu'il avait cassé les dents de devant à un client parce que celui-ci avait renvoyé plusieurs fois son plat. Une vidéo circulait sur le Net à l'époque, on y voyait un homme couché par terre, sa lèvre supérieure était épaisse et fendue comme une saucisse grillée, il tentait de récupérer ses dents, les mains tremblantes. Un type en uniforme de cuisinier était debout à l'arrière-plan, de dos il ressemblait vraiment beaucoup à Valentino, et quelqu'un le tirait par la manche et essayait de le ramener en cuisine, comme un rhinocéros échappé de son enclos.

Valentino portait un coup fatal aux essais en laboratoire mornes et sans vie de la gastronomie moléculaire, ainsi qu'à la cuisine méditerranéenne poussiéreuse et réactionnaire. C'était un incendie ravageur pour le goût, un choc frontal pour les sens de ses clients, il fallait regarder et mordre à pleines dents, qu'on le veuille ou non. Après la première bouchée, on levait les yeux au ciel jusqu'à laisser le blanc apparaître, et lorsque le ragoût obscène ou la poitrine de faisan au prix délirant glissait dans la gorge, on grognait et gémissait, on soupirait, et votre regard devenait mélancolique, on prenait une profonde inspiration au moment où les arômes résonnaient en bouche, le volume à fond, comme si on venait de jouir dans son pantalon, et puis un sourire illuminait votre visage et on secouait vaguement la tête en se demandant comment de telles saveurs pouvaient avoir été créées par la main de l'homme. On s'accordait à dire que Valentino s'était surpassé une fois de plus, et que c'était à peine croyable, et que, oui, les rumeurs sur lui disaient vrai, on connaissait quelqu'un qui avait un jour rencontré Valentino en personne, et il y avait encore plein d'autres histoires mais pas maintenant, non, s'il vous plaît, ce n'est pas le moment de parler de ça, par contre, avez-vous déjà goûté son saumon avec sa sauce orange-raifort ? Il est mythique, non, vraiment.

De jeunes chefs du monde entier essayaient d'imiter Valentino. Un cuisinier new-yorkais en Europe, qui n'aurait eu aucune chance aux États-Unis, glapissaient ses ennemis. Un chef pour qui des sommités étaient prêtes à subir toute forme d'humiliation afin de dénicher une table dans son restaurant, chuchotaient ses disciples, et on racontait qu'il y avait pour près de quatre cent mille euros de bouteilles de vin entreposées dans la cave de Valentino.

Le seul restaurant qui pouvait se mesurer à la puissance insolente, violente et élégante de l'El Cion était le Gaspar. Pendant que Valentino était sous les verrous, le Gaspar est sorti du bois, s'est hissé sur le trône de Valentino et s'y est agrippé de toutes ses forces. Les brigades de ces deux restaurants se vouaient une haine féroce, et il y a des cuisiniers qui affirmaient que ce client, à qui il manquait maintenant les dents de devant et qui avait fait renvoyer trois fois son plat, que ce type était en réalité un cuistot de chez Gaspar envoyé par son chef, et payé pour pomper l'air de Valentino jusqu'à ce qu'il éclate comme un pétard du réveillon.

Cependant la véritable raison de la brouille entre Gaspar et Valentino remontait encore bien plus loin. Quelques années auparavant, Valentino avait réussi, en passant par différentes voies et autres intermédiaires, à avoir accès à un sel absolument exclusif que des moines tibétains extrayaient d'une mine dans l'Himalaya. On trouvait autant de faux sel de l'Himalaya que de grains de sable sur la plage. Presque tous venaient du Pakistan. De Khewra. Certains même de Pologne. Rien que de la merde. Ce sel venait, lui, d'une mine minuscule sur le col de Khardung La. On disait que son goût était indescriptible, qu'il était bleu clair, presque turquoise, et qu'il fondait sur la langue comme la neige. Les moines l'appelaient « Souffle des dieux ». Il était récolté une fois par an par des enfants qui grattaient les rochers avec de toutes petites cuillères. Des cuillères pas plus grandes que l'ongle du pouce. Puis il était stocké sur la montagne par les anciens du village, dans l'air frais, raréfié et rocailleux sous le soleil aride de ces altitudes. Le sel était utilisé exclusivement lors de cérémonies rituelles. Il était tabou en fait.

Bref, en tout cas Valentino n'a plus été livré, du jour au lendemain. Le bruit courait que Gaspar s'était débrouillé pour que les moines, dans l'Himalaya, apprennent quel genre d'homme Valentino était en réalité. Qu'il ne respectait pas à la lettre les valeurs du bouddhisme mais qu'il sniffait de la coke comme un aspirateur, qu'il tabassait des clients et que c'était un homme mauvais, tout à fait capable, sans ciller, de transformer un aigle sacré du Tibet en saucisses. Depuis, le Gaspar était le seul restaurant en ville où l'on servait ce sel. Je crois même le seul dans le pays – voire dans toute l'Europe. Depuis, c'était la guerre. Depuis, un sang rouge, tiède et poisseux coulait entre l'El Cion et le Gaspar, et on s'est mis à raconter dans le milieu que Valentino n'arrivait plus à faire face à tout le stress en cuisine, qu'il sentait, au fond de lui, que son temps était venu, et qu'il se repérait dans les jours de la semaine uniquement grâce aux étiquettes des compartiments de son pilulier. L'âge d'or de l'El Cion remontait à un bail, aux années 2000 déjà, oui, pendant cette période l'El Cion faisait partie de l'avant-garde, mais on doutait fortement que Valentino puisse encore, après la réouverture, renouer avec son ancien style si radical. Il avait vieilli : il n'y a qu'à chercher des photos de lui sur le Net, voir à quoi il ressemble aujourd'hui, ces dernières années ne lui ont pas réussi, oui, en haut à gauche, le type au regard fou à la lumière du flash, c'est lui, voilà ce qu'on se murmurait d'une oreille à l'autre.

Et en effet, le temps avait continué à s'écouler. Personne n'avait jeté une échelle de corde à Valentino pour qu'il puisse de nouveau grimper à bord, la caravane ne s'était pas arrêtée, les rumeurs et les histoires à son sujet commençaient à se répéter, on avait soif de nouveauté.

Mais Valentino était libéré depuis quelques semaines, et maintenant il avait retrouvé sa place derrière les fourneaux. Il était assisté par Lily, sa sous-cheffe, elle avait trente ans et en paraissait cinquante. Une ex-junkie aux cheveux blond platine et aux yeux jaunis par la nicotine. Elle avait été un pitbull dans son ancienne vie, il y avait des preuves de ça. Le vrai nom de Lily était Ulrike, mais on ne devait l'appeler que Lily. Entre ses yeux, à l'endroit où Charles Manson portait la swastika, elle s'était fait tatouer une croix. Lily était sérieusement perchée. Après une nuit de folie, cela remonte déjà à un paquet d'années, elle avait eu une révélation, Marie lui était apparue, à poil et avec des peintures de guerre sur le visage, comme si elle allait faire le tapin. À l'époque, Lily était en soins intensifs à cause d'une overdose, reliée à des câbles comme une marionnette. Marie l'a regardée dans les yeux et l'a touchée tendrement, comme jamais Lily n'avait été touchée, et elle lui a susurré à l'oreille qu'elle était sa fille, qu'elle devait enfin arrêter toute cette merde et que ses parents étaient des ratés finis, en particulier son épave de père, un nullard complet. Par ailleurs elle ne s'appelait pas Ulrike mais Lily, et à partir de maintenant elle devait résister à la tentation et arrêter de s'injecter des saloperies, le diable avait des milliers de visages et était à l'affût partout, elle devait veiller à ce qu'il ne la mène pas par le bout du nez. Puis la Vierge Marie s'est évaporée dans l'air pâle printanier du service, les fenêtres étaient ouvertes, on entendait s'élever de dehors le bruit d'un chantier et des cris d'enfants en chemin vers l'école, il était tôt dans la matinée, les portes se sont ouvertes et l'infirmière est entrée, est-ce qu'elle avait bien dormi, oui, mais elle ne s'appelait pas Ulrike mais Lily, et sur ce tableau, là, accroché à l'avant du lit, on pouvait tout de suite changer le nom qui y était inscrit.

Depuis ce jour, Lily était complètement sobre, et pour lever toute ambiguïté, elle avait gravé le X des *straight edge* directement sur le dos de sa main avec un couteau à fileter. Elle ne buvait pas, ne prenait pas de drogue, elle ne fumait aucune cigarette, même pas un joint, personne ne savait si elle faisait encore l'amour, en tout cas elle n'était pas branchée garçons, elle ne s'en cachait pas. Elle se signait plusieurs fois par jour. Avant et après le travail, elle disparaissait aux chiottes, s'agenouillait et remerciait la Vierge Marie, c'était le seul endroit où elle pouvait lui parler seule à seule. Elle ne remarquait même pas qu'elle avait le nez juste au niveau de la pisse et de la merde des serveuses.

En revanche, elle était fermement opposée à toutes les formes de satanisme et à leurs adeptes, et tous les livreurs et plongeurs avec leurs cheveux longs et leurs tatouages gothiques cessaient de rire dès que Lily apparaissait.

Lily avait échappé de peu à la mort et, pour la première fois de sa vie, elle avait trouvé un foyer à l'El Cion. Valentino était bienveillant avec elle, on la respectait et on appréciait sa rigueur à sa juste valeur, jamais un oncle bourré n'entrait dans sa chambre et lui arrachait sa couverture, au lieu de ça elle pouvait corriger les gars à coups de spatule en bois aussi souvent qu'elle le voulait, elle devait juste faire attention en frappant à ne pas rendre quelqu'un en incapacité de travailler ou à ne pas en estropier un trop sérieusement. La cuisine, c'était le royaume de Lily, c'était sa patrie, c'était tout pour elle, son passé et son avenir, elle veillait sur l'El Cion comme sur la prunelle de ses yeux, personne ne devait faire de mal à son royaume, Amen. Ensuite elle essuyait ses larmes, tirait la chasse d'eau et remontait sur le ring.

Lily détestait les étrangers et les hommes et tout ce qui avait une queue, et les juifs et les musulmans, mais elle n'était pas mauvaise, elle était juste tout le temps de mauvaise humeur, il y avait même des cuisiniers dans la brigade qui avaient peur de se faire mordre.

Valentino était la tête et les couilles de l'El Cion, mais Lily en était le cœur. Un cœur froid comme un cathéter médical en acier et dur comme le sol en béton d'une chambre de torture. Valentino était complètement dépendant d'elle, elle dirigeait la meute comme une galère ; si Valentino avait succombé à une overdose, elle aurait pu continuer à faire tourner la boutique pendant des jours, peut-être même des semaines, sans que quelqu'un, là, dehors – de l'autre côté du passe, en salle, où l'on ne pouvait pas entendre nos cris – remarque que Lily gérait la boutique toute seule. Mais si Lily avait manqué une seule journée, l'El Cion aurait été à l'arrêt. Valentino aurait balancé des coups de poing autour de lui, il y aurait eu du sang et des larmes, et rien n'aurait marché comme prévu. En salle, on aurait demandé ce qu'on faisait avec le tartare de thon, et pourquoi ça prenait autant de temps aujourd'hui, et on va aller voir par nous-mêmes, ce n'est pas possible, et si on avait osé jeter un œil de l'autre côté du passe, dans la fosse aux lions, on aurait vu Valentino au milieu de la pièce, le regard furieux. Une poêle en fonte entre les mains, les bras ensanglantés jusqu'aux coudes, il aurait agrippé fermement la poêle comme une hache à double tranchant, et les cuisiniers se seraient cachés sous les comptoirs et certains auraient bravé la mort et essayé de s'échapper à quatre pattes de la zone de danger. Les clients auraient compris que ce n'était plus la peine d'attendre le tartare de thon cette fois-là, et ils seraient partis, et le lendemain on aurait lu dans les journaux – ce dont on se doutait déjà depuis longtemps – que Valentino était surmené, que son héritage le tirait vers le bas comme une pierre à son cou, qu'il appartenait au passé, mais il y avait un nouveau restaurant qui avait ouvert ses portes près de la gare principale la semaine précédente, discret, sans prétention, cela valait la peine d'y jeter un œil, on en avait déjà beaucoup entendu parler, on disait que George Clooney était venu y manger.

Je connaissais personnellement un des gars de la brigade de l'El Cion. Said. Il avait un peu moins de trente ans à l'époque. Commis de cuisine. Maghreb. De temps en temps il m'achetait de la coke, de la Ritaline, et d'autres merdes stimulantes. Selon ce que j'arrivais à trouver. Cela faisait longtemps que j'aurais dû l'appeler, en vérité, mais mon fournisseur ne répondait plus au téléphone depuis des semaines. En fait, je ne faisais plus ce genre de choses, mais Said était un collègue, je ne pouvais pas le laisser tomber. Et puis il était déjà membre de la brigade avant la fermeture de l'El Cion, et si les rumeurs disaient vrai, il devait aussi rejoindre l'équipe à la réouverture. Ce n'était pas rien. C'était le genre de contacts qu'il fallait soigner.

Des limousines ont défilé toute la soirée, des femmes en descendaient, marchant comme des reines qui se rendent au temple ou accompagnées comme des chevaux de course d'élevage prestigieux que l'on conduit dans l'arène. Les parfums qu'elles dégageaient flottaient jusqu'à nous. Les hommes à leur côté bombaient le torse de fierté et luisaient comme des anguilles dans leurs costumes. Tous se bousculaient devant l'El Cion, la ville entière était sens dessus dessous, tout le monde rayonnait.

De notre côté, devant le snack, il n'y avait aucun client à la ronde. Il faisait doux ce soir-là. Des températures très chaudes s'annonçaient. Des orages affamés grondaient méchamment à l'horizon, et le Chien était derrière le comptoir, il grattait avec une précision chirurgicale la croûte d'un petit pain sec. Je le laissais faire. Vaslav n'avait pas pointé le bout de son nez une seule fois ce jour-là, on était quasiment seuls. Le Chien faisait chauffer les miettes à la poêle, se penchait juste au-dessus et inspirait les langues de fumée naissantes dans ses poumons comme du crack. Je fumais une cigarette et observais l'autre côté de la rue. Quand les feux passaient au rouge et que le trafic s'arrêtait devant le snack, on pouvait entendre les mugissements des photographes et les cris hystériques des clients se pressant dans le restaurant parvenir jusqu'à nos oreilles, comme un déferlement de vagues au loin.

C'est ce soir-là que je l'ai vue pour la première fois. Elle est descendue d'un taxi devant l'El Cion avec une copine. Elle avait la splendeur des mannequins des années 1980, la chevelure blond platine, aux pointes comme rongées par les rats, une assurance vulgaire se dégageait de son regard au maquillage charbonneux, ses jambes étaient longues, inaccessibles et décadentes, elles brûlaient les yeux quand on les fixait trop longtemps. Pendant qu'un type en costume sur mesure à côté d'elle payait le taxi, sa copine et elle se sont dirigées vers l'entrée bordée de flambeaux. La dame à l'entrée l'a accueillie comme si elle n'avait jamais attendu personne d'autre de toute sa vie. Juste avant d'être engloutie par l'El Cion, elle s'est retournée une dernière fois et a regardé dans notre direction, on aurait dit qu'elle avait entendu quelqu'un l'appeler, mon cœur s'est arrêté de battre un instant. Alisha semblait inaccessible et d'une beauté irréelle, comme dans une nuit d'été cristalline et ardente, quelque part dans un port des Tropiques.

« Tu la vois ? Elle regarde par ici ! Elle me regarde ! Tu vois ça ? »

Le Chien ne m'écoutait pas. Il profitait des quelques secondes où on ne le regardait pas derrière le comptoir pour faire ce qu'il voulait, puis la porte s'est refermée sans un bruit sur Alisha, comme sur un trésor.

Le Chien avait effrité une de mes cigarettes, fait cuire le tabac à la poêle avec les miettes de pain à moitié brûlées et imbibées de vodka, et saupoudré le tout sur sa création étrange.

Je l'ai engueulé en lui demandant s'il ne lui manquait pas des cases, et je me suis énervé de l'avoir quitté des yeux bien trop longtemps ; il a fixé mon larynx d'un regard vide.

Je ne me souviens plus pourquoi j'ai goûté de son plat bizarre à l'époque, j'ai oublié, ce n'était pourtant pas comme si j'avais eu faim ou comme si le goût de miettes de tabac cramées m'avait intéressé.

Mais je me souviens de ma première bouchée et de cet instant, de cette seconde précise, où ma vie a quitté la route, enfoncé la glissière et est partie en chute libre. Pas seulement ma vie. La vie de tous ceux qui ont croisé le Chien un jour.

Le temps s'est arrêté, comme lors d'un accident. Les pigeons sont restés en suspens dans l'air, comme coulés dans de la résine synthétique. Le vacarme de la rue s'est fait de plus en plus faible jusqu'à disparaître totalement. Seules les tiges métalliques du gril laissaient échapper de légers craquements. Le bruissement des flammes du brûleur sur les plaques. Le bourdonnement de l'éclairage public. Le bruit sec des miettes tombant par terre. Des idées confuses se sont installées sur le rebord de fenêtre de mon esprit et m'ont fait de l'œil, des images étranges et inquiétantes sont apparues dans ma tête, puis les papilles gustatives se sont réveillées sur ma langue. Les hormones ont déferlé sans bruit dans mon sang, à la manière d'une douche écumante. De là jusqu'au cerveau. Mes synapses ont envoyé des bulles scintillantes, comme du kérosène argenté. Un calme paisible, paralysant, a envahi mon esprit, une sorte d'apaisement sous morphine. Le bruissement chuchotait des pensées et des sensations passées. Je devais avoir fermé les yeux car tout autour de moi était plongé dans les ténèbres, et j'ai vu des rêves fous, fiévreux, aux couleurs nocturnes. Debout dans l'obscurité, j'étais collé contre un mur, je ne pouvais apercevoir que de vagues contours de mon visage, une lueur noire et dorée, tremblante, vacillante, dansait sur ma peau, et étincelait dans mes yeux écarquillés. Je n'avais plus la même apparence, mes traits étaient frais et nouveaux, j'étais habillé en blanc, tout en blanc, d'un blanc de craie, un col blanc, des boutons blancs, mes cheveux étaient courts, j'avais l'air dangereux, téméraire et dangereux, et puis je l'ai vue assise à une table interminable, et ce spectacle a créé une fissure dans mon esprit.

Ils avaient l'air affreux, tout-puissant et irrémédiablement inquiétant.

Peu à peu, à la manière d'un léger gazouillis perçu au loin, la nuit est revenue, le snack, le bitume, la houle frémissante du trafic et la vue sur l'El Cion me sont réapparus, comme de vieilles connaissances oubliées depuis longtemps.

Je sentais de nouveau l'air de la rue. Les gaz d'échappement. L'huile de la friteuse. J'étais revenu à la maison. Des nuages vert sombre s'étaient formés dans le ciel noir, et la ville luisait de scintillements dorés.

Il était près de minuit, les paparazzi devant l'El Cion commençaient à remballer leurs affaires et je fixais le Chien qui jetait à la poubelle les restes de son repas, le goût enivrant de la liberté n'était plus qu'un mince dépôt sur ma langue.

Je lui ai demandé s'il avait déjà travaillé en cuisine, mais le Chien n'a pas répondu, ce qui pouvait vouloir dire aussi bien oui que non. J'ai insisté : est-ce que tu sais ce que c'est qu'un saucier, un rôtisseur, un commis ou un garde-manger ? Mais le Chien se contentait de hausser les épaules d'un geste vague, impossible d'obtenir une réponse de sa part, je ne savais pas si c'était un initié, quelqu'un qui était passé par la rude école d'une cuisine de restaurant et qui y avait survécu. À l'époque, je ne savais pas du tout à qui j'avais affaire, je ne me doutais pas un instant que c'était un génie unique en son genre, dont les chefs-d'œuvre auraient encore fait sensation des siècles après sa mort, comme ceux de Vinci ou de Michel-Ange, s'ils avaient été conservés dans des musées et gardés intacts pour la postérité au lieu de disparaître sur la langue en quelques secondes ou minutes.

« Qu'est-ce qu'il y avait là-dedans ? »

La question est sortie de ma bouche avec un peu moins de désinvolture que prévu. Le Chien a montré d'un doigt incertain l'un ou l'autre ingrédient à côté de lui, il avait un air absent et a continué à chercher quelque chose dans les bacs à légumes, mais lui-même ne semblait pas vraiment savoir quoi.

Avant de déplier la serviette j'ai pris un moment pour reprendre mes esprits, comme un jeune ado qui a goûté pour la première fois à la langue d'une jolie femme, et puis j'ai essuyé le plan de travail. Je ressentais une certaine nervosité car si ce n'était pas du pur hasard, un malentendu stupide, si au contraire le Chien savait très bien ce qu'il faisait, alors cela voulait dire que j'avais trouvé au milieu de toute cette puanteur, de ces pots d'échappement, des merdes de chien et de la friture rance, une sorte d'âme sœur, comme un soldat qui rencontre au front un camarade de son village natal.

À cet instant, je ne savais pas encore ce qui nous attendait et ce que le Chien cherchait comme un possédé, c'était comme s'il esquissait des croquis et s'approchait d'une sensation. Il tâtonnait à l'époque, dans le flou et l'imprécision, et avançait lentement vers quelque chose d'inéluctable.

Une fois seulement le set déployé en entier et les petites merveilles exposées, je lui ai jeté un regard furtif. Je voulais voir s'il avait bien compris ce qu'il avait devant lui. L'assortiment était classé par ordre de taille. À gauche il y avait les petits couteaux, les couteaux à fruit, à huître, etc. Et puis les grands couteaux à fileter. J'avais son attention, on fixait les lames sans rien dire.

Entre-temps, les derniers échos isolés s'étaient perdus sur ma langue, ils s'étaient raréfiés progressivement pour finir par s'effacer tout à fait. Il ne restait plus que l'impression d'une lumière réchauffante, libératrice, qui s'était posée sur moi lorsque j'avais été confronté à ce goût, nu comme un ver, plein de respect et sans défense, les yeux écarquillés, et que chaque fibre de mon être était à vif comme un câble électrique dénudé.

« Un börek, cousin », a piaillé une voix aiguë.

Un groupe de voyageurs d'affaires était planté devant le snack. Leur leader était un petit bourge aux cheveux noirs avec des chaussures en daim, un brushing et une écharpe. Face à sa clique de responsables et de rédacteurs, il jouait les gangsters, il se voyait entouré de gros durs du Bronx, tous ses amis, des *brothers* prêts à s'immoler pour lui, en réalité et à la lumière du jour, c'était un publicitaire de Hambourg bourré de coke qui ne faisait que passer par là. Il s'est tourné vers ses gars.

« Et vous ? Tout le monde prend un börek aussi ?

— On est fermés, désolé », j'ai dit.

On n'était pas fermés, le gril était encore incandescent, brûlant comme un réacteur nucléaire, mais je ne voulais pas être dérangé, je voulais continuer à montrer les couteaux au Chien.

« Eh, cousin, le gril est toujours allumé », a lancé le gangster qui s'essayait laborieusement à un peu d'argot. Et puis il s'est retourné vers ses gars. « Bon, allez. On fait vite. Ils vont bientôt fermer. Vous voulez quoi ? Un börek aussi pour tout le monde ? Combien ? »

Il faisait le compte.

« Un, deux… toi aussi ? Trois… » Alors il s'est de nouveau adressé à moi. « Donc trois böreks, cousin. »

Il était content de lui et du monde en général, il a sorti son iPhone de sa poche et a pris un selfie avec ses camarades de boulot, lui au milieu, n'importe quelle belle-mère se serait jetée à ses pieds. Tout en sélectionnant un filtre et en accentuant les couleurs sur sa photo, il criait d'une voix aiguë : « Bam, cousins, là on va manger quelque chose de bien, un truc authentique. Pas une merde comme tous ces connards de hipsters nazis, là-bas, à l'El Cion. Street Style, cousins, Street Styyyyle ! »

C'est à ce moment que le rideau est tombé avec fracas juste sous son nez, et on a eu de nouveau la paix. J'ai sorti le plus petit couteau du set, à l'intérieur les beuglements du gangster n'étaient plus qu'un bruit sourd à travers le rideau de fer.

Ça, c'est une lancette. On s'en sert pour ouvrir les moules ou les huîtres. Un manche plus long et bien large. Comme ça, on peut exercer une bonne pression. Une lame courte et large. Autrement elle se casserait, ai-je expliqué au Chien.

Afin qu'il voie de quoi je parlais, je lui ai mimé dans le vide comment ouvrir une huître.

Je lui ai demandé s'il comprenait.

Le Chien a hoché la tête, il voulait caresser la lame pour savoir à quel point elle était aiguisée.

« Bas les pattes ! », ai-je aboyé.

Même moi j'osais à peine toucher la lame. Même pour l'aiguiser. Alors un inconnu comme le Chien, sûrement pas. Au Japon, on l'aurait déjà refroidi s'il avait fait ça.

Je n'aurais pas su dire si le Chien s'était bien rendu compte à quel point la situation était sérieuse. J'ai sorti la plus grande lame du set. Celle-ci, c'est la salope, la reine. Sans elle, on n'arriverait à rien en cuisine. On l'utilise tout le temps. Les fruits et légumes, c'est un jeu d'enfant, on coupe les trognons ou même les os. Une lame longue et large.

J'ai haché un oignon. Les petits morceaux volaient en l'air, je lui ai montré à quel point il fallait s'exercer pour y parvenir, et que je maîtrisais bien le sujet, puis j'ai récupéré latéralement les petits dés avec le plat de la lame, comme avec une pelle, et je les ai fait glisser dans un récipient en un seul geste.

Il a bien vu ? Là, comme ça !

J'ai fait un deuxième passage sur la planche à découper pour ramasser les derniers morceaux. Mais plus lentement cette fois, afin que le Chien puisse retenir en détail l'enchaînement du mouvement. Ensuite je lui ai passé une tomate. Le Chien a posé le couteau sur le fruit, qui l'a tranché comme s'il traversait de l'eau chaude. Il semblait saisir peu à peu la différence entre un bon et un excellent couteau, il paraissait deviner tout ce qu'on pouvait faire en cuisine avec un couteau digne de ce nom, et puis le moment était arrivé, le Chien était mûr, j'ai déplié le vieux tissu enveloppé, et j'ai posé la pièce maîtresse sur la table. Tsukasa Hinoura, Japon, 1972. Le manche en bois était sobre et fonctionnel mais la lame était parcourue de veinures délicates, comme un jambon très cher. Pour parvenir à ce résultat, trente-deux couches du noble acier de Shirogami avaient été forgées et froncées.

« Couteau japonais aux trois vertus. Viande, poisson, légumes. Lame de Damas façonnée à la main. Un santoku Kitae-ji forgé selon la technique du warikomi. Un acier trempé sept fois. C'est une déesse, mon pote. »

J'ai laissé quelques secondes au Chien pour digérer le spectacle.

« La lame n'a encore jamais été aiguisée. Et elle n'est jamais entrée en contact avec de l'eau non plus. On ne la lave jamais, on essuie juste le sang ou le gras avec une peau de chamois. Comme ça. »

Je lui ai montré avec la serviette dans quel sens essuyer sans toucher la lame.

« Je l'ai reçu en cadeau d'un chef étoilé. À l'époque. En 1991. À l'Aist. À Moscou. Un peu après la chute du Mur. C'était encore le bon vieux temps, mon pote. J'étais rôtisseur à l'époque. »

Je lui ai demandé s'il avait déjà travaillé dans une cuisine professionnelle, et s'il savait ce qu'était une cuisine professionnelle, si ça lui disait quelque chose.

Ça ne lui disait rien.

Quelques jours plus tard, le ciel a explosé, un week-end bouillant s'est répandu sur la ville, la ruée des clients était absurde, les kebabs sautaient presque d'eux-mêmes du comptoir. J'étais à la broche, Vaslav encaissait et le Chien était censé couper les herbes et les tomates, mais au lieu de ça il examinait les légumes comme s'il s'agissait d'échantillons de pierres du Crétacé.

« Un kebab. Et deux frites. Alors, ça fait sept cinquante », a dit Vaslav.

Il s'efforçait tellement de ravaler son accent russe qu'on en avait des crampes dans le cou rien qu'à l'écouter.

J'ai découpé la viande sur la broche et je m'apprêtais tout juste à m'attaquer aux commandes suivantes lorsque Vaslav m'a gueulé dessus.

« Il est où, ce putain de kebab ? »

Puis il s'est aussitôt retourné vers les clients suivants de la file en leur demandant, sur un ton aussi mielleux que de la barbe à papa : « Et vous ? Qu'est-ce qu'il vous faudra ? »

Le Chien ne remarquait pour ainsi dire rien de toute cette agitation. Les yeux vitreux, il fixait l'intérieur d'une tomate, comme s'il voulait résoudre une énigme. Je l'ai tiré par le bras pour le faire venir vers moi.

« Tiens. Finis de préparer le kebab. »

Je me suis retourné vers la broche et j'ai tranché les fins copeaux de viande de haut en bas. Rapide mais précis. J'observais du coin de l'œil le Chien se pencher d'un geste mal assuré sur le kebab. Il a cherché et fouillé pendant un long moment dans les bacs à légumes avant de trouver enfin une feuille de salade plus ou moins fraîche. Rien ne semblait assez bien pour lui, et je l'ai vu, dans le dos de Vaslav, porter la feuille à son nez.

Je lui ai sifflé entre mes dents : « Eh, vieux, arrête ces conneries. Dépêche-toi. »

Vaslav avait dû entendre. Il s'est retourné et a vu le Chien mettre la feuille de salade dans sa bouche pour la goûter avant de la mettre sur le kebab. Le Chien a volé contre le mur avec une telle violence qu'une des boîtes est tombée sur la caisse, mais il a eu une chance inouïe car, au lieu de lui donner des coups de pied dans le visage, Vaslav s'est retourné vers ses clients pour enregistrer les commandes suivantes, il tenait tellement au moindre euro qu'il n'a pas exécuté le Chien sur-le-champ, il voulait attendre pour cela que tout le monde ait passé commande et payé. Le Chien avait un sursis de six clients qui faisaient la queue devant le snack, une fois que le dernier d'entre eux aurait échangé son argent contre un kebab, on ne pourrait plus répondre de rien.

« Alors, un kebab avec, et un autre sans », Vaslav adressait aux clients un sourire aussi aimable que possible, et pourtant il sifflait comme une bouteille de gaz pleine à ras bord posée sur une cuisinière brûlante.

J'ai essayé de remettre en marche les haut-parleurs. La musique sortait de manière hachée de la chaîne hi-fi, et les enceintes vibraient dans ma main. Le crochet au mur était arraché, il fallait que je pose les enceintes sur le frigo, j'essayais de ne pas faire tomber tout le bric-à-brac et j'ai envoyé le Chien sortir les frites de la friteuse, elles devaient être cuites à mort depuis le temps. Le Chien se tenait la mâchoire d'une main, de l'autre il a sorti les frites dégoulinantes de graisse et les a laissé s'égoutter. La vieille huile brun jaunâtre poisseuse qui puait le hamster mort coulait à grosses gouttes dans la friteuse, c'est alors qu'il a eu un haut-le-cœur et a laissé tomber la poignée du panier comme une patate chaude. Il a voulu s'enfuir par la porte en passant devant Vaslav, mais ça n'a pas tout à fait marché comme il le pensait. En tout cas, il n'a pas été assez rapide, il a vomi en plein milieu du snack, quasiment aux pieds de Vaslav.

J'ai fermé les yeux deux secondes. Le Chien s'est essuyé la bouche, a enjambé d'un grand pas son propre vomi, a essayé dans une deuxième tentative de sortir les frites de l'huile et a émis un grognement.

J'ai essayé de faire comme si je n'avais rien vu, rien entendu, et j'ai continué à découper des copeaux de viande sur la broche, même si ma pelle débordait déjà.

Vaslav a tendu au bobo et à sa copine les kebabs et les frites prêts.

« Bon appétit et bonne soirée ! »

Le reste de la queue devant le snack s'est dispersée, la puanteur du vomi a chassé la foule dans toutes les directions.

Je me suis mis à couvert. Vaslav a attrapé le Chien ; ce qu'il hurlait, personne ne pouvait vraiment le comprendre, la haine lui dégoulinait des oreilles et le Chien luttait contre un autre haut-le-cœur qui montait.

Vaslav s'est frayé un chemin vers l'extérieur, apparemment il voulait éviter que le Chien n'explose au beau milieu de son propre snack, il le traînait derrière lui en le tirant par les cheveux.

« Eh, il ne l'a pas fait exprès. Ça peut arriver, ça fait quand même plus de trois semaines que c'est la même huile là-dedans », ai-je dit pour essayer de calmer Vaslav.

J'ai alors reçu une gifle qui a failli me déboîter la mâchoire, Vaslav m'a gueulé dessus et a essayé de m'attraper par le col pour me mettre K.-O. avec un coup au visage bien ajusté, car il s'est rappelé à cet instant que tout était ma faute. Puis il a glissé sur le vomi et s'est cogné le crâne contre la caisse. Elle s'est ouverte d'un bond, comme s'il avait décroché le jackpot, et j'ai pu me dégager et m'éloigner avant que ça devienne vraiment dangereux. Dès que j'ai mis le pied dehors, j'ai couru le plus vite possible, le Chien avait dû trouver le moyen de se libérer lui aussi car il me courait après, j'entendais derrière nous Vaslav hurler de rage et cracher en russe des jurons abominables.

2

Le Chien trottait à côté de moi comme un idiot. Je lui avais crié plusieurs fois de foutre le camp, mais ça ne changeait rien, et lorsque je lui ai jeté une bouteille de bière vide à la station de S-Bahn, il l'a esquivée et elle a éclaté sur les rails. À partir de cet instant, il a gardé un peu plus de distance mais restait tout de même pas loin de moi.

J'aurais voulu frapper dans mes mains pour le chasser sur-le-champ, c'était sa faute si je devais me trouver un nouveau boulot. Je me mordais la langue et me maudissais pour chaque mot gentil que j'avais dit à son sujet ces dernières semaines afin de prendre sa défense devant Vaslav, tout ça pour rien.

Enfin assis dans la rame, j'espérais m'en être débarrassé, et puis, l'espace d'un instant, je me suis souvenu du plat qu'il avait préparé quelques jours avant derrière le comptoir. J'ai pensé à son goût et au fait qu'il dépassait de loin tout ce que j'avais pu déguster jusque-là, et j'ai essayé de me rappeler ce sentiment diffus d'avoir découvert des saveurs dont je ne soupçonnais même pas l'existence, comme si on décelait une nouvelle couleur qu'on n'aurait jamais vue auparavant, et avant de prendre conscience que je n'aurais peut-être plus jamais l'occasion de goûter une de ses créations, il a surgi dans mon dos et s'est assis à côté de moi. J'ai essayé de l'ignorer du mieux que je pouvais.

Un groupe d'écolières traversait le wagon. L'une d'elles a regardé vers moi, mais lorsque les filles se sont rapprochées et ont aperçu le Chien, elles ont voulu éviter tout contact visuel et nous dépasser le plus vite possible.

« Regarde-toi un peu. Regarde à quoi tu ressembles. Tu ressembles à un putain de clochard. »

Tout en engueulant le Chien je lui ai montré les taches sur son T-shirt.

Le Chien trifouillait dans la poche arrière de son pantalon.

« Il y a des taches sur ton T-shirt. Devant, au milieu. Là. Plein de vomi partout. »

Le Chien a sorti une liasse de billets et s'est mis à les compter. J'ai voulu les lui arracher des mains, mais il ne s'est pas laissé faire et a continué à compter.

« T'es taré ? Il y a combien là-dedans ? », lui ai-je demandé.

Il devait y avoir cinq cents euros environ, et une fois que le Chien a eu fini, il a recommencé depuis le début.

Au même moment, Vaslav a dû remarquer qu'il manquait la pile des gros billets dans sa caisse. À cet instant précis où nous étions assis dans la S-Bahn, une rage tonitruante est montée en lui, au point que ses lèvres sont devenues pâles et se sont mises à trembler alors qu'il appelait ses hommes pour leur donner nos noms. Je ne me sentais pas bien. J'ai essuyé mon front. Si Vaslav nous chopait un jour, il nous ferait la peau à tous les deux, pas seulement au Chien. Mais avant que j'aie pu dire un mot à ce sujet, le Chien m'a demandé, de sa voix gutturale et cassante, si les cinq cents euros suffiraient pour qu'on puisse aller manger tous les deux à l'El Cion.

3

Cela a pris un certain temps avant qu'on puisse avoir une table. L'El Cion n'avait rouvert ses portes que depuis quelques semaines, pourtant le carnet de réservations était déjà désespérément complet. Un dîner aux horaires habituels, on pouvait oublier tout de suite. Mais on a eu de la chance, il nous a encore été possible de dénicher deux places le mardi soir. On a longé les murs, tête baissée, sur le trottoir en face du snack de Vaslav, jusqu'à ce qu'on franchisse enfin l'entrée bordée de flambeaux par laquelle Alisha était passée quelques semaines auparavant.

La réceptionniste nous a inspectés de haut en bas. Le Chien avait enfilé un T-shirt plus ou moins propre et laissait son regard se promener à travers la salle, comme un animal méfiant. Je portais ma seule et unique chemise noire. Elle était trop petite, mais je n'étais pas bête, j'avais fermé ma veste. Personne ne pouvait voir que les boutons risquaient d'exploser à tout moment.

La réceptionniste nous a accueillis par un « Bonsoir ? » qui ressemblait plutôt à une question, comme si elle cherchait à nous demander ce qu'on voulait.

« Bonsoir », lui ai-je répondu avec aplomb, et je lui ai fait comprendre que je n'étais pas un novice dans son monde, même si le Chien nous donnait l'air de deux pestiférés.

« Avez-vous réservé ?

— Oui. Pour deux personnes.

— Puis-je demander à quel nom ?

— Mo.

— Mo ?

— Oui, juste Mo. »

La réceptionniste a parcouru sa liste et a tout de suite trouvé mon nom. Pourtant il a encore fallu quelques longues secondes avant qu'elle arrive à se résoudre à un « Ah, ici. OK, bon… », et puis elle est passée devant nous et nous a conduits dans la salle.

Un minimalisme froid dominait parmi le mobilier. Les murs étaient décorés d'œuvres d'art hors de prix. Le sol était composé de pierres calcaires couleur champagne. Les chaises avaient l'air anciennes, presque des antiquités, et leurs revêtements en cuir brillaient. C'était et cela restera sans doute toujours un mystère : pourquoi tous ceux qui entraient pour la première fois à l'El Cion avaient-ils l'impression de faire quelque chose d'interdit ? Quelque chose de mal, d'obscène, de totalement pervers, à quoi il ne fallait pas se faire prendre.

Perchée sur des talons hauts à donner le vertige, la réceptionniste a traversé toute la salle pour nous conduire à une table au rabais tout au fond, à côté des toilettes. Dans le léger brouhaha formé par le murmure paisible des clients, ses talons claquaient avec légèreté et élégance sur les dalles de pierre calcaire, comme un métronome méprisant, et les couverts en argent cliquetaient sur des assiettes immenses. De temps en temps résonnait le tintement cristallin de verres de vin qu'on entrechoquait pour trinquer. La moitié des clients nous dévisageait avec dédain, l'autre nous ignorait de manière agressive.

« S'il vous plaît ! », a-t-elle dit en désignant notre table, et elle nous a bien fait comprendre qu'à partir de cet instant nous étions abandonnés à notre propre sort et qu'elle ne pouvait plus rien pour nous. Puis elle a tourné les talons et a regagné sa place à l'entrée d'une démarche fière.

Les autres clients du restaurant ont ressenti un soulagement satisfait. On avait été placés à une table qui nous désignait comme ce que nous étions à leurs yeux : deux clochards qui s'étaient égarés dans un monde inconnu, dans lequel ils ne pouvaient même pas s'offrir un apéritif. J'ai pris une profonde inspiration et n'ai pas réagi à cette provocation. On avait cinq cents euros en poche et rien ne pouvait nous empêcher de commander. J'avais déjà entendu parler à de nombreuses reprises du foie gras en croûte de miel salée, et dans quelques minutes il y en aurait deux assiettes devant nous sur cette table.

Morts, luisants, croustillants, sucrés, salés, relevés et très chauds.

La serveuse nous a apporté la carte. Elle s'appelait Conny et devait avoir tout au plus vingt et un ans. Elle avait les cheveux hérissés, était détendue et très concentrée sur son travail.

Je me suis poliment penché en arrière, et lui ai demandé sur un ton qui respirait le calme et l'indifférence :

« Excusez-moi. Est-ce que Said travaille en cuisine ce soir ?

— Pardon, qui ? a-t-elle demandé en haussant les sourcils.

— Said ? Un des commis ?

— Je vais demander. Quel est votre nom ?

— Mo.

— Mo ?

— Oui, juste Mo. Il est au courant.

— OK. Je vais demander. »

Trente-sept minutes plus tard, les plats arrivaient sur notre table.

« Voilà, deux foies gras. Bon appétit ! Said a dit qu'il n'avait pas le temps, malheureusement. On attend encore davantage de monde plus tard. Il y a beaucoup de travail en cuisine aujourd'hui. Il vous contactera. »

Ensuite elle nous a laissés seuls avec nos plats somptueux. Le Chien examinait la nourriture dans son assiette, à l'évidence, jamais de sa vie il n'avait vu de l'intérieur un restaurant comme l'El Cion, peut-être même n'était-il jamais entré dans un restaurant avec des chaises, un restaurant où la nourriture était servie à table, où on était assis et pas debout, penché sous un néon, à enfourner quelque chose dans sa bouche pendant que la salade et la sauce s'écrasaient sur le bitume et les chaussures. Face au Chien s'étalait un tableau abstrait dans un cadre de porcelaine blanche, le foie d'une oie était dressé au milieu, recouvert d'un glaçage cassant de miel salé, bordé de haricots croustillants et d'un gratin de pommes si délicat qu'il fondait rien qu'en posant le regard dessus, et le tout était saupoudré de quelque chose qui ressemblait à des éclats de croûte confite.

« OK, mon pote. Bon appétit, alors », lui ai-je souhaité.

Il a hoché la tête, sans quitter la nourriture des yeux. Il a pris en main ses couverts d'un geste gauche, et a détaché avec délicatesse un morceau de foie gras, il a regardé avec étonnement le couteau brillant s'enfoncer dans la viande tendre, et l'a écouté frapper en douceur, dans un tintement froid, contre la porcelaine dure.

Puis il a planté le morceau de viande sur sa fourchette et l'a passé sur les gouttes d'un noir d'encre qui mouchetait l'assiette, lentement, comme un peintre qui mélange une couleur avec son pinceau tout en observant les pigments se fondre entre eux. Puis il a porté la première bouchée à ses lèvres, avec une grande attention. Je l'ai imité. Le Chien fermait les yeux.

Derrière le passe, dans la brume, Valentino est apparu, comme derrière un banc de sable, on ne pouvait pas le reconnaître, seule sa silhouette massive se découpait dans les vapeurs de la cuisine. Il jetait un œil méfiant sur la salle, tel un berger allemand, pour vérifier l'ambiance du soir, et alors qu'il laissait vagabonder son regard, il s'est arrêté sur le Chien et l'a observé longuement assis là, tout à fait grisé par ce goût, les yeux fermés, la tête renversée en arrière. Il mâchait longtemps et semblait avoir oublié le monde autour de lui. Valentino ne parvenait pas à détacher ses yeux de lui, parmi tous les clients, ces deux-là, dans leurs fringues de chômeurs, avaient des airs d'aventuriers qui essayaient de profiter du mieux possible de chaque instant, avant qu'on les découvre et qu'on les chasse de nouveau. Ils n'étaient pas là pour voir ou être vus, mais uniquement pour la nourriture. Valentino observait d'un œil nostalgique le Chien se perdre dans les immensités du goût, et tandis que la mélancolie l'envahissait, il semblait se rappeler une période de son passé, une époque où il avait été jeune et affamé lui-même, où il s'était présenté aux portes sacrées des dieux de la cuisine avec l'argent qu'il avait économisé et un billet Interrail, il avait dix-sept ans la première fois que ses lèvres avaient touché le foie gras de Bocuse, avant même son premier baiser avec une fille, c'était au milieu des années 1980, Depeche

Mode envahissait les moindres coins et recoins comme une fine couche de rouille tenace, la coke était encore chère, et le monde grand et sans fin.

Au bout d'un certain temps seulement, lorsque le Chien a rouvert ses yeux, Valentino s'est retourné et a disparu dans les vapeurs de la cuisine. Pas un instant il ne s'imaginait que le Chien était sur le point de faire irruption dans son royaume, comme l'Antéchrist au Vatican.

Une fois face à nos assiettes vides, tandis que nous nous concentrions sans un mot sur l'arrière-goût s'évanouissant peu à peu dans nos bouches, j'ai demandé au Chien :

« Tu comprends ce que je veux dire ? »

Il avait l'air complètement sonné.

J'ai insisté : « Tu comprends ? »

Le Chien a hoché la tête et pris une profonde inspiration. Lorsque Conny est arrivée avec l'addition, je lui ai dit : « Donne-moi l'argent, je m'en occupe. »

Il a sorti de sa poche les billets de banque froissés et me les a tendus au-dessus de la table.

J'ai compté et le sang m'est monté à la tête. Il n'y avait pas cinq cents euros.

« Il n'y a que quatre cent soixante-cinq. Tu as autre chose ? », lui ai-je demandé.

J'avais très chaud et je suis devenu rouge. D'abord aux joues et puis au front, et ce n'était pas bon car, s'il y avait bien quelque chose que je détestais, c'était de devenir rouge.

Le Chien a vérifié encore une fois dans sa poche de pantalon.

Il y a tout, a-t-il laissé échapper de ses lèvres de manière à peine audible.

J'ai rejeté un œil sur l'addition et ai demandé : « Mais comment on arrive à quatre cent quatre-vingt-neuf ? Je compte deux fois le menu, ici, et puis... »

Conny a répondu d'un ton aimable : « Oui, mais vous avez pris deux fois du Chardonnay, là », tout en pointant du doigt deux bouteilles de vin sur l'addition.

C'était le moment tant attendu par les autres clients dans la salle. L'intermède qui offrait un petit plus à leur passage à l'El Cion, le détail qui donnait à leur misérable vie la dose d'adrénaline indispensable. On ne se donnait même pas la peine de faire semblant d'avoir pitié de nous. On secouait la tête, et comment pouvait-on seulement laisser entrer ici des cas sociaux pareils, c'était sûr qu'il n'allait rien arriver de bon avec eux, ce genre de types n'avaient rien à faire dans ce milieu, mais la serveuse, elle faisait de la peine, la pauvre fille.

« Alors là, on a un petit problème... ai-je dit en essayant de préparer Conny au pire. Il manque encore... Enfin, on n'a que ça, là. Putain, merde, c'est la honte », ai-je bredouillé.

Je me tortillais comme un ver de terre sur une plaque de cuisson. Le Chien a fouillé dans ses poches et posé sur la table une poignée de petite monnaie en plus, empirant encore les choses.

« Hum, oui… Dans ce cas… Attendez un instant, je vous prie », a répondu Conny, avant de rassembler l'argent et de le rapporter en cuisine.

À peine était-elle partie que le Chien a récupéré les derniers restes et saucé les quelques gouttes sur son assiette avec un bout de pain, et les a engloutis dans sa bouche.

J'ai sifflé entre mes dents : « Mon gars, arrête un peu avec tes conneries maintenant. » Et lorsque le vieux tas à la table voisine a fait l'erreur de sourire, j'ai pété un plomb.

« Qu'est-ce que tu as, salope ? »

Le vieux a sursauté, s'est figé et s'est accroché du regard à sa femme, comme un naufragé sur le point de se noyer. Il essayait de faire comme s'il ne m'avait pas entendu, mais il était trop tard. Ç'allait être sa fête.

« Oui, c'est à toi que je parle, sale pute. Tu regardes quoi, comme ça ? Ta vieille a les nichons qui sortent presque de sa robe et toi tu n'arrêtes pas de zieuter ma queue, ou j'ai mal vu ? »

Le volume de ma voix était bien calculé, il aurait pu m'entendre même s'il avait été à moitié sourd.

Personne dans la salle n'osait reprendre son souffle, et c'était mieux comme ça. J'ai croisé les bras, respiré profondément et essayé de faire refluer le sang de mon visage. Conny est apparue au passe avec Valentino et nous a montrés du doigt, mon cœur s'est arrêté de battre. Même si, de là où j'étais, je ne pouvais pas bien les distinguer ni les comprendre, je savais très bien de quoi ils parlaient, Conny faisait de grands gestes avec ses mains. Puis Valentino lui a chuchoté quelque chose à l'oreille avant de disparaître à nouveau dans la jungle fumante.

Je m'attendais au pire, mais le Chien ne semblait pas saisir la portée de la situation, ni de près ni de loin. Il a proposé qu'on se barre.

« Qu'on se barre ? je lui ai demandé. Après un repas pareil ? Qu'on se barre, comme ça ? Mais quelle espèce d'enfoiré es-tu ? Ils nous ont vus. Là-bas, au passe. Ils nous ont observés tout le temps. Merde, merde, merde. »

Le Chien me regardait comme s'il se demandait : « Et alors ? » Et avant même que je puisse dire quelque chose, Conny est revenue à notre table et j'ai affiché mon plus beau sourire servile.

« Petits amuse-gueules. Avec nos hommages. Ne vous faites pas de souci pour la somme manquante. C'est pour la maison. Bonne dégustation ! »

Tout en souriant, elle a posé sur la table un petit assortiment de créations dingues à base de fromages. Je ne comprenais plus rien au monde. Tout comme le connard, sa vieille pute et les autres clients des tables autour de nous. Conny nous a fait un clin d'œil, comme si on était les membres d'un même ordre secret. Je n'avais aucune idée de ce qui lui était passé par la tête.

J'ai bredouillé un « Merci », mais Conny était déjà loin et ne pouvait plus entendre ce que je disais.

On a fixé les assiettes décorées devant nous, on ne nous avait pas chassés comme des rebuts mais traités comme de véritables êtres humains. Le Chien a été le premier à briser la minute de recueillement, et s'est jeté sur l'assortiment de fromages avec la grossièreté d'un asocial avant qu'on puisse le lui reprendre.

Quelques heures plus tard, le soir tombait sur la ville. Les lumières scintillaient sous nos pieds, et le ciel de la nuit tourbillonnant, lourd de gaz d'échappement, s'étendait au-dessus de nos têtes. Le Chien donnait l'impression que chaque cellule de son corps était imprégnée du goût du foie gras et du voile de parmesan et de fromage à pâte persillée qui le recouvrait. Des pensées semblaient s'associer dans sa tête, il a regardé par la vitre de la S-Bahn, comme si le goût du foie gras croustillant, du miel salé et du vin blanc sec se trouvait derrière nous, sur les rails de la voie aérienne, et si ce qui s'était gravé dans sa conscience par la langue était le son qu'il avait cherché toute sa vie. Ses yeux se promenaient ici et là, sans rien voir, la réponse à sa question paraissait flotter quelque part autour de sa tête, et il essayait de la déchiffrer.

Finalement, il a formulé ses pensées en une phrase bancale, assemblée à la va-vite, et m'a expliqué qu'on devait devenir cuisiniers, cuisiniers à l'El Cion.

Un groupe de contrôleurs parcourait la voiture.

« Quoi ? », ai-je demandé, même si j'avais bien compris ce qu'il voulait.

La semaine suivante, quand je verrais Said, je devais lui demander si on pouvait être embauchés à l'El Cion, a-t-il répondu.

Le contrôleur était à notre hauteur à présent.

« Billets, s'il vous plaît. »

Je connaissais bien Said, Said de la brigade ?, insistait le Chien.

« Allô ? Billets ! », entendait-on aboyer à côté.

J'ai commencé à expliquer calmement au Chien que ce n'était pas aussi facile qu'il se l'imaginait.

Il m'a interrompu en disant que je lui avais raconté que j'étais cuisinier et que j'avais travaillé dans un restaurant.

Oui, bon, j'ai répondu que c'était vrai, à l'Aist, à Moscou, il y a longtemps, mais je n'aurais jamais travaillé à l'El Cion.

« Bien, dans ce cas, papiers d'identité, s'il vous plaît. »

Mais j'étais cuisinier ou pas ? Le Chien ne lâchait rien, il était vraiment tenace.

« Vos papiers, ou je devrai appeler la police. »

Ou alors est-ce que je n'étais pas cuisinier finalement, est-ce que je lui avais menti depuis le début ? Le Chien commençait à prendre vie. Jusque-là, l'idée avait sonné dans sa bouche comme une conclusion logique, rien d'extraordinaire, plutôt ce que le bon sens rationnel nous conseille après avoir observé les faits à la lumière du jour. Maintenant qu'il sentait une résistance, le Chien s'énervait de plus en plus.

Je l'ai engueulé : Bien sûr que je suis cuisinier, qu'est-ce que tu as à faire chier, putain de bordel de merde.

Le train entrait en gare. On voulait descendre mais le contrôleur nous a barré le chemin et a appelé ses collègues, il faisait au moins une tête de moins que moi, et il a fait une grave erreur, mais c'était sa faute, pas la mienne.

« Non, non, non, mes petits gars. Maintenant, ça suffit les conneries. Jakob, tu veux bien appeler la police ? »

Je l'ai frappé pour qu'il dégage le passage, avant que son collègue puisse lui venir en aide. Je pense qu'il a survécu et, de là où elles étaient placées, il n'y avait aucune chance pour que les caméras de surveillance aient filmé mon visage.

Donc, dès le lendemain nous devions commencer à travailler à l'El Cion, moi comme cuisinier, lui comme un truc qui ressemblait à différents sons en « S » accrochés les uns aux autres et qui devaient vouloir dire « saucier ». Tel était le plan résumé par le Chien.

J'ai bougé les doigts de ma main droite pour vérifier si je ne m'étais pas cassé quelque chose.

J'ai essayé une nouvelle fois de lui faire comprendre, très calmement, qu'il ne pouvait pas être engagé tout de suite comme saucier. Il n'était même pas capable de cuire un putain de kebab. Le sang recommençait seulement à couler dans les jointures de mes doigts.

4

On se tenait derrière, à l'entrée de service, et on attendait. Des caisses vides et pleines d'aliments ainsi que des poubelles puantes étaient entreposées devant la petite porte insignifiante.

Par les fenêtres de la cuisine et des toilettes, on pouvait entendre les voix des cuisiniers et le vacarme des casseroles et des poêles. De temps en temps un rire, une réprimande vive et comme aboyée, mais à part ça pas un mot n'était échangé. La soirée était terminée. Les derniers clients finissaient leur vin. L'effervescence quotidienne des cuisines retombait lentement et partait dans un gargouillis par les tuyaux d'écoulement des éviers en inox.

Un grand commis maigre comme un clou est sorti de la cuisine et s'est allumé une cigarette.

« Said arrive tout de suite », m'a-t-il dit en hochant la tête d'un air fatigué.

Je lui ai répondu aussi par un hochement de tête, et je m'en suis allumé une tout comme lui.

L'El Cion était bâti de la même manière qu'un corps humain. Devant, à l'entrée qui menait à la salle, il y avait le visage du restaurant. La salle elle-même était la tête. C'était là que les personnes importantes allaient et venaient. Là aussi qu'on communiquait, riait, parlait, c'était là que se déroulait le spectacle, là qu'on était vu.

Le passe était le cou, la gorge qui séparait une partie du corps de l'autre. Tout ce qui se passait ensuite était invisible pour le monde extérieur. C'était là que la nourriture glissait d'un organe au suivant.

Et au fond, en cuisine, se trouvait le ventre. C'était là que les aliments étaient hachés, découpés, dressés. D'énormes pièces de viande étaient détaillées en petites bouchées, des dures noix de muscade on faisait une fine poussière, le gros jambon Maladúa de plusieurs kilos se transformait en tranches très fines qui laissaient passer les rayons du soleil quand on les exposait à la lumière.

Ensuite, derrière la cuisine, venait l'entrée de service. Le cul de l'organisme. C'était là que la cuisine, le système, abandonnait tout ce dont elle ne se servait pas. Les têtes et arêtes puantes des loups et des lottes. Les trognons fibreux, les feuilles flétries et les os sanglants étaient expulsés du corps ici, c'est ici que s'entassaient les bouteilles vides dans des caisses éraflées de différentes couleurs, ici que nageaient des pâtes gélatineuses jaune clair dans le marc de café humide brun sombre ; tous les plats, aussi nobles et chers fussent-ils, perdaient ici leur vertu quand ils étaient renvoyés par le client, passaient sous le nez des cuistots affamés et étaient jetés dans un des sacs-poubelles. Les cuisiniers suivaient du regard, tels des loups décharnés au pelage miteux et aux yeux désespérés, des langoustes abandonnées, accompagnées d'igname et de bergamote, ou des assiettes à moitié mangées d'asperges au sumac rouge qu'on emportait vers les poubelles à l'arrière. Ils montraient les dents et se grognaient après tandis que les plats encore chauds étaient déversés dans un des grands bacs bleu sombre, en même temps que les serpillières usées et les emballages en plastique tachés. Ici, à la porte de derrière, les plats morts attendaient d'être évacués, tels des corps qui refroidiraient peu à peu. Tels des cadavres sur le bord de la route. Comme de la merde tiède dans une cuvette de chiottes. C'est ici que le Chien et moi nous trouvions, et attendions Said.

Les membres du personnel en salle qui avaient déjà fini leur journée passaient devant nous, voûtés, les os douloureux. Les femmes devaient porter des talons hauts. Les services duraient quatorze heures, les souffrances étaient bestiales, leurs orteils insensibles, leur dos cassé, et leurs regards s'attardaient sur le Chien, on voulait savoir qui était ce type se tapissant dans l'ombre, telle une hyène en rut. Il se balançait sur ses jambes nerveusement, et tandis que les antivols des vélos s'ouvraient et que les moteurs des Vespas des serveuses et des commis démarraient, on se demandait d'où venait le Chien, ce qu'il venait faire ici et si on le reverrait un jour. Et puis on quittait le champ de bataille, la tête relevée avec fierté, et on disparaissait dans un bruissement au milieu de la nuit.

Même si le travail à l'El Cion était inhumain, le restaurant donnait malgré tout à ses enfants un éclat respectable, une fierté arrogante. Quiconque travaillait ici pouvait écouter le pouls des artères principales du monde entier. Des décisions politiques se prenaient à l'El Cion. On y concluait des contrats de plusieurs millions, voire milliards. On écrivait l'Histoire et on façonnait l'avenir sur les nappes d'un blanc crayeux, mouchetées de gouttes rouge sang de Château Margaux. Des stars du monde entier et des célébrités de seconde zone faisaient tous les soirs la queue devant l'entrée. Nombreux se voyaient refoulés, une toute petite minorité arrivait à entrer. Deux jours après l'ouverture, Britney Spears, avec tout son entourage, avait perdu son sang-froid devant l'El Cion. Aucune menace, aucun pourboire à quatre chiffres n'y faisait. L'El Cion était inaccessible. Il fallait attendre dehors. Devant la porte. Comme du bétail de boucherie. À la vue de tous les passants et automobilistes. Les grands dirigeants aux cheveux blancs perdaient leur dignité, et leurs conquêtes à moitié nues à leur côté, tout respect envers eux quand ils se tordaient le cou à suivre des yeux ceux qu'on laissait entrer en salle sans faire la queue, et qui obtenaient une table. Des divas de passage en ville pour quelques heures faisaient payer l'humiliation subie à leurs employés, et des têtes tombaient. On menaçait le personnel de lourdes conséquences et de vengeances terribles, mais tout cela ne servait à rien. On avait plus de chance de sculpter la bordure de trottoir avec ses molaires que de renverser la situation. L'arrogance de l'El Cion était légendaire et imprégnait ses employés comme une aura protectrice, un serment sacré, du chef de partie le plus prestigieux à l'employé de salle au plus bas de l'échelle, même quand les jolies serveuses, les commis alertes et les cuisiniers névrosés quittaient cette bande de Gaza culinaire à la fin du service avec les reins en compote.

Le Chien trépignait d'impatience et essayait de m'expliquer dans son allemand approximatif comment je devais m'adresser à Said pour lui dire qu'on voulait être engagés à l'El Cion.

« Tu dis un mot et je t'en colle une », l'ai-je interrompu.

On se tenait à l'endroit le plus intime, l'entrée de service. Celui qui se trouvait ici devait avoir une bonne excuse dans son sac, ou connaître quelqu'un comme moi, qui connaissait lui-même un membre de la brigade. Said pouvait sortir à tout moment, et je ne voulais pas qu'on ait l'air de deux pauvres types qui passaient à la recherche d'un job.

J'ai vérifié de quoi j'avais l'air dans le reflet sombre renvoyé par une vitre, j'ai essayé de gratter une tache de gras sur mon T-shirt, et c'est à cet instant que Said est apparu à la porte. Il s'est arrêté sur le seuil pour observer le Chien d'un œil sceptique et suspicieux. Je me suis dépêché de lui expliquer que le Chien était avec moi, qu'il était réglo et qu'il resterait dehors, et puis j'ai dû tout lui réexpliquer depuis le début car Said grimaçait, comme s'il avait mal aux dents ou souffrait d'un sifflement dans l'oreille, ensuite il m'a tourné le dos, donnant l'air de quelqu'un que tout ça n'intéresse pas, et m'a fait comprendre d'un signe de tête de le suivre en cuisine. Le Chien voulait nous accompagner mais avant même qu'il fasse le moindre pas, je lui ai gueulé de ne surtout pas bouger.

Ensuite j'ai franchi l'entrée arrière, interdite, du temple sacré. Dans le couloir se tenait un jeune commis appelé Kevin qui ressemblait à un entraîneur de fitness gonflé aux stéroïdes, à peine majeur. Il avait réussi à récupérer une assiette renvoyée par un client hystérique, et engloutissait le flétan à moitié mangé. Les trente secondes qui lui restaient devaient suffire à enfourner au moins le poisson et un ou deux accompagnements dans sa bouche, penché au-dessus d'une poubelle, à jeter le reste et à retourner en cuisine en courant, les joues pleines.

Je me pressais contre Said dans cet espace étroit. Il a fermé la porte derrière lui. À ma question de savoir comment ça allait et si tout se passait bien, je n'ai reçu aucune réponse. Il m'a arraché la petite enveloppe des mains sans dire un mot et a versé une partie de la poudre sur le couvercle d'une caisse de fruits exotiques à côté des toilettes. À l'aide d'un couteau à découper, il a écrasé et haché les morceaux. Il a essuyé la large lame avec son doigt et a étalé la came sur ses gencives, j'ai pu constater que ses dents n'allaient plus pouvoir tenir très longtemps. Les incisives étaient déjà foutues, les petits bouts de quelques-unes seulement pointaient encore sur la gencive, et les molaires au fond n'en avaient plus pour longtemps elles aussi, rongées et écrasées sous le broyeur de ses nuits agitées, elles avaient fini par rendre les armes. Les moignons de dents sont le tennis-elbow des cuisiniers. Le dos voûté des fonctionnaires, la néphrite des prostituées.

Said a sniffé une ligne, il n'a pas touché à l'autre. Cela m'a pris quelques secondes avant de comprendre qu'il me la laissait, Said était un frère.

Il avait des joues creusées comme une tête de mort qui lui donnaient un air de Berbère dans le désert, une marque de brûlure s'étendait sur son cou de l'oreille à la base de l'épaule. Ses cheveux et ses ongles ne faisaient pas plus d'un millimètre, ses gestes étaient rapides et saccadés comme ceux d'une poule ou d'un pigeon. Said était constamment en mouvement. Rester immobile semblait lui causer des douleurs physiques, et il donnait toujours l'impression de sortir d'une bagarre, l'adrénaline encore bouillonnante dans sa tête, telle une mer démontée. Il s'interrompait sans cesse pendant quelques fractions de seconde, comme s'il devait se concentrer sur sa voix intérieure. Alors il restait inerte. On pouvait croire quelques instants qu'il avait perçu un bruit suspect et qu'il essayait d'en définir l'origine. Et puis il recommençait à s'agiter, il regardait en permanence autour de lui, même dans ces toilettes minuscules il tournait son œil dans tous les sens, et contrôlait si le mur derrière lui était toujours à la même place qu'auparavant.

Tandis qu'il fouillait sous son tablier pour en sortir l'argent, tout en se frottant les ailes du nez, il m'a expliqué que dealer de la coke n'était vraiment plus qu'un truc de pauvre loser maintenant. La nouvelle mode, c'était le trafic de produits fins illégaux. Il n'y avait pas si longtemps, ils envoyaient une fois par semaine un des cuistots à Moscou par avion. Cent vingt euros. Germanwings. Départ le matin. Retour le soir. On pouvait rapporter le caviar dans des boîtes de pâtée pour chien. Une fois au restaurant, les boîtes valaient dix fois plus cher. Mais depuis quelques semaines, les frontières étaient verrouillées. Le marché noir explosait. La douane saisissait les produits de luxe comme s'ils allaient exploser dans l'avion, ouvrir dans la carlingue, à dix mille mètres d'altitude, un trou de la taille d'un bœuf par lequel les voyageurs seraient aspirés dans les nuages, les cheveux et les bras tourbillonnant et les bouches grandes ouvertes. Il était encore possible au moins d'emballer le caviar Almas dans des capotes, comme de la saucisse, de les avaler puis de les chier le lendemain dans une cuvette, délicatement pour que le latex ne craque pas, mais on pouvait se brosser pour les ortolans et les tortues.

Il était capable d'en trouver, des ortolans. Des tortues aussi, avons-nous entendu murmurer derrière nous. On s'est retournés, Said et moi. Le Chien se tenait dans l'encadrement de la porte. On ne l'avait pas entendu se faufiler dans le couloir devant les toilettes ni y glisser sa tête.

Il pouvait trouver des ortolans. Pas de problème, a-t-il répété.

Je lui ai gueulé dessus : « Eh, mec, tu te fous de ma gueule ? Je t'ai dit d'attendre dehors ! »

Ensuite tout est allé très vite, Said a mis le sachet dans sa poche et nous a poussés dehors sans ménagement.

« Said, je suis désolé. Je lui ai dit qu'il devait attendre dehors. »

Je n'ai pas pu en dire plus. Le Chien et moi avons dégringolé les marches de la sortie de derrière. J'ai failli me fouler le pied.

« Tu veux que je repasse la semaine prochaine ? »

Said n'a donné aucune réponse, la porte a claqué derrière lui. Le commis efflanqué de tout à l'heure a balancé son mégot d'une pichenette et est rentré en cuisine. Un employé de salle s'est éloigné sur sa Vespa pétaradante. Le Chien et moi nous sommes retrouvés seuls dans la cour.

Il pouvait trouver des ortolans, répétait le Chien encore une fois. Je me suis retenu pour ne pas craquer. Je me suis frotté les yeux.

« Va te faire foutre ! »

Ma voix vibrait et était plus haut perchée que ce que j'aurais voulu. On était toujours devant l'entrée de service. J'ai commencé à m'en éloigner, d'un pas lourd. Les mains dans ma veste. Le Chien suivait mes pas. Comme toujours. Et lorsque le Chien, qui n'avait toujours pas compris la gravité de la situation, a recommencé à parler des ortolans, j'ai pété les plombs.

« Tu sais ce que c'est, le CRM 114 ? »

Le Chien a secoué la tête.

« Non ? Tu ne sais pas ? »

J'étais à deux doigts d'exploser mais je pouvais encore retenir les chevaux.

« C'est une drogue, de l'armée. On l'avalait et on n'avait plus besoin de faire caca ni pipi pendant dix heures. C'est ce qu'ils prennent là-dedans. Tous les jours. Parce que, pendant les coups de feu, personne ne peut se permettre d'aller pisser. Et tu sais pourquoi ? »

Le Chien a secoué la tête.

« Parce que personne n'a le temps pour ça, ici ! », lui ai-je lancé en grinçant des dents.

Peu à peu, une des bêtes s'est libérée de ses liens et s'est emballée, et je n'arrivais plus à retenir les autres non plus. Je n'en avais rien à faire que tous les voisins soient arrachés de leurs lits pensant que quelqu'un dans la rue était en train de se faire engueuler à mort. J'ai montré du doigt la porte de derrière de l'El Cion pour que cet idiot comprenne bien de quoi on parlait.

« Et si personne n'a le temps de chier, là-dedans, tu peux m'expliquer pourquoi ils devraient écouter la merde qu'une face de pine comme toi leur raconte ? »

Le Chien se tenait la joue. Je lui en avais collé une, mais il était assez intelligent pour ne pas me rendre le coup, si bien que ma tête a pu se refroidir peu à peu. J'ai rassemblé mes esprits, j'ai pris une profonde inspiration, et j'ai essayé de lui expliquer comme à un enfant.

« Un jour, un des cuistots là-dedans ne s'était pas lavé les mains après être allé aux chiottes ; Lily, la sous-cheffe, l'a découvert, et tu sais ce qu'elle a fait ? »

Le Chien ne savait pas.

J'ai marqué une courte pause dramatique, puis je lui ai raconté comment ce cuisinier avait été maintenu par ses collègues, comme un cheval dont on ferrait les sabots, pendant que Lily taillait le bout de sa langue avec un couteau à asperges. J'ai essayé de deviner dans son regard s'il saisissait le message, s'il comprenait qu'il valait mieux ne pas énerver les cuisiniers, soumis à un stress chronique et intoxiqués jusqu'à la pointe de leurs cheveux par des drogues chimiques bon marché.

On pouvait entendre de la rue le murmure régulier des voitures sur l'asphalte de la nuit. Le dernier train grinçait sur les rails au loin, le ciel au-dessus de nos têtes brillait d'une lueur paisible, violet sombre, il n'y avait pas un seul nuage en vue.

Alors la porte de l'El Cion s'est ouverte d'un seul coup. Lily est sortie, suivie de près par Said qui pointait le doigt dans notre direction.

« Lui, là », a dit Said en désignant le Chien.

Derrière eux s'élevait de la cuisine le doux parfum d'échalotes salées, juste saisies, par la porte ouverte. Lily s'est essuyé les mains dans son tablier et nous a fait signe de venir la voir. Je voulais m'enfuir en courant mais j'étais incapable de bouger. J'ai essayé comme j'ai pu de m'excuser, de dire qu'on était désolés, qu'on allait partir à l'instant et que le Chien avait juste voulu faire une blague, mais Said m'a coupé la parole, on devait venir. Maintenant. Tout de suite.

Nous nous sommes approchés de Said et de l'inflexible Lily, sans volonté, comme du bétail en route pour l'abattoir, j'ai essayé de sourire, Said pointait de nouveau le Chien du doigt, c'était lui, là.

Lily l'a dévisagé, on ne lisait sur son visage ni curiosité ni ennui, son regard était froid et pragmatique, comme celui d'un bûcheron qui analyse le tronc d'un arbre, la hache à la main. À côté d'elle, Said avait perdu toute autorité. Il y avait quelques minutes encore, quand nous étions seuls avec lui dans la cour, on aurait pu croire que c'était lui le capitaine du navire. Mais maintenant, à côté de l'inflexible Lily, ses épaules rentrées murmuraient à mots couverts qu'il n'était qu'un simple commis, le membre de la brigade au plus bas de l'échelle, un fantassin, de la chair à canon, qu'on pouvait remplacer comme une serviette en papier tachée.

« Qu'est-ce que tu as dit tout à l'heure ? a demandé Said au Chien. Répète un peu ce que tu as dit tout à l'heure. »

Le Chien a voulu s'exprimer, mais il s'est interrompu et m'a interrogé du regard, il avait peu à peu compris qu'il avait fait pas mal de conneries ce soir-là, et il ne voulait plus commettre une autre erreur. Ensuite il a recommencé mais s'est interrompu une nouvelle fois.

« Qu'est-ce qu'il a dit, là ? Je ne comprends rien », a dit Said en revenant à la charge.

La tension était telle, dans l'arrière-cour, qu'on pouvait l'entendre craquer, comme un arc dont la corde était tendue au maximum, quand le bois se mettait alors à grincer.

Le Chien a dit qu'il connaissait des gens, qu'il pouvait trouver des ortolans.

« Trouver quoi ? Qu'est-ce que tu veux trouver ? », a demandé l'inflexible Lily d'une voix blanche.

Un silence horrible s'est installé, les premiers éclats et fissures ont parcouru le bois de l'arc.

Tout. Il pouvait tout trouver. Des ortolans. Du caviar. Il pouvait tout trouver, tout, a dit le Chien. J'ai cru que j'allais faire dans mon pantalon.

Je ne savais pas combien de livreurs étaient allés et venus dans cette cour. Des livreurs de poissons, de viandes, des livraisons express de je ne sais quels ingrédients qui manquaient soudain à la mise en place parce qu'un des chefs de partie avait oublié de l'inscrire sur les listes de provisions, des coursiers apportant des produits et mets fins légaux et illégaux, des types déchargeant par centaines de kilos des caisses d'espadon sur glace et des filets de veau en sachets sous vide en se faisant payer par avance ou sur facture. Les livreurs de poissons étaient toujours pressés et de bonne humeur, je ne sais absolument pas pourquoi. En général, les maraîchers étaient de vraies commères et racontaient l'histoire de toutes les variétés de pommes et de chaque trognon, comme si on le leur avait demandé, et les livreurs qui transportaient de la marchandise illégale étaient en règle générale des types puants, capables même de louer leurs filles si on leur agitait un billet de cinquante sous le nez. Des types qui disparaissaient dans les coins en rampant, le regard louche, qui s'étaient habitués dès leur plus jeune âge à l'idée qu'en enfer, leur nom était depuis longtemps collé sur le dossier d'une chaise, et qu'on attendait tranquillement de les voir arriver en titubant, avec les pieds tordus et un regard humble de victime. Mais le Chien n'était pas une victime, c'était comme un oiseau de proie fourbe qui attendait en toute quiétude le bon moment pour pouvoir attaquer. Lily a deviné au premier coup d'œil qu'il n'était pas un dealer ni un aventurier désespéré ayant accès à des produits extrêmement convoités. Elle avait face à elle deux cinglés qui se risquaient sur un terrain glissant et qui n'avaient aucune idée de ce dans quoi ils étaient en train de s'embarquer. Said avait remarqué son erreur et tremblait de tout son corps. Pendant que Lily retournait à grands pas en cuisine, il la suivait de si près qu'il a failli trébucher sur ses talons. Je n'ai pas réussi à saisir ce qu'il bredouillait, ça s'est noyé dans le vacarme de la fin du service. La porte de derrière a été claquée une deuxième fois sous notre nez. Entre-temps, la lune s'était levée. Ronde et mélancolique, elle épanchait sa lumière rouge comme une bouillie incandescente sur les toits sombres. On entendait au loin un couple bourré se disputer. Les premières créatures nocturnes s'étaient traînées hors de leur cachette et se rassemblaient dans l'obscurité des portes cochères.

5

L'air était imprégné de l'odeur mordante et lourde des gnous bleus d'Afrique du Sud, des guépards royaux et des koalas, qui se mélangeait à la puanteur douceâtre des orchidées en bordure du sentier. On ne voyait aucune caméra à la ronde, apparemment personne ne se souciait de savoir ce qui se passait ici après les heures officielles d'ouverture, on est entrés sans problème dans un des bâtiments.

On avançait dans les couloirs à la lumière de mon portable, en titubant, et on tentait de lire les panneaux à côté des aquariums, je n'avais plus que sept pour cent de batterie et j'imaginais que des gardiens défoncés, des défenseurs des animaux et des hippies gâteux antivaccins laissaient les grands félins se balader en liberté dans les allées, il faut bien les laisser sortir un peu, ces pauvres bêtes, c'est le minimum qu'on puisse faire, on leur doit bien ça, nous autres *homo Sapiens*. Demain, avant le lever du soleil, on va les capturer de nouveau et les enfermer dans leur cage, ils n'ont pas mérité l'étroitesse barbare de leur enclos, les pauvres petits choux. Fatigués du béton de leur cage, à la recherche d'aventure et de sang frais, prêts à mettre en charpie tout et tous ceux qui croiseraient leur chemin, les léopards et les lions allaient chasser tout ce qui bougerait, leurs gènes meurtriers étaient encore parfaitement éveillés et bien vivants, leurs crocs affûtés comme jamais, et leurs ancêtres auraient été fiers d'eux, je me chiais presque dans le pantalon.

Dans un bassin à l'écart, on a trouvé un crapaud qui plaisait au Chien. Il s'est mis à frapper la vitre blindée avec le manche en métal de son cran d'arrêt, comme si la liberté l'attendait de l'autre côté. Je lui avais expliqué que ce spécimen était très rare en Allemagne, à quel point les sécrétions de ce crapaud étaient toxiques, et comme le goût de sa peau dans la gorge avait un effet paralysant et narcotique. Cette espèce était même interdite au Japon, et pas pour je ne sais quelle loi foireuse sur la protection des animaux, mais simplement pour protéger la vie humaine. Si jamais on se prenait trop de son mucus, on risquait de crever directement dans le restaurant. Quelques minuscules petites gouttes pouvaient avoir l'effet anesthésique sexy de la coke. Une ou deux microgouttes de trop et il y avait des chances pour que le patient sente ses poumons rendre les armes dans sa cage thoracique, comme un bras engourdi, un chiffon étranger à soi et sans vie. Ce n'était pas parce que leur espèce était en voie d'extinction que les crapauds Jīn-Wā étaient interdits. Les crapauds Jīn-Wā étaient interdits car, chaque semaine à Tokyo, une douzaine de managers riches en mal de sensation tombaient en arrière sans un mot, dans les arrière-salles privées des restaurants les plus prestigieux, le visage bleu et les yeux paniqués, et restaient couchés. Au moment même où ils s'écrasaient au sol, ça ne valait déjà plus la peine de chercher un médecin, la mort survenait en quelques secondes seulement.

La vitre blindée ne s'était même pas fendue. J'avais mal à la tête et je me frottais le front. Le gros crapaud nous observait de ses yeux vides et ronds, le Chien a fini par abandonner, et on s'est frayé un chemin jusqu'à la volière et on a trouvé les ortolans, avec le petit reste de batterie de mon portable.

Je m'y connais en cuisine, j'ai déjà vu pas mal de trucs, mais je n'étais quand même pas tout à fait certain que ces petites canailles à plumes dans la cage soient vraiment les bons spécimens, si c'était vraiment l'espèce pour laquelle les chefs cuisiniers du monde entier étaient prêts à mettre des sommes invraisemblables sur la table.

Ils étaient alignés comme sur un fil sur un sol poussiéreux, sous un soleil méditerranéen. Exposés sur une table d'agents de la douane ou tendus fièrement devant l'objectif par des paysans édentés. On a approché une des photos trouvées sur le Net du tableau d'informations, et plissé les yeux. Avant même que je puisse mijoter un plan, le Chien avait déjà arraché et vidé le sac d'une poubelle sur le bord du sentier. Des sachets de glace, des couches et des paquets de sucreries format familial sont tombés par terre, et lorsque le Chien a escaladé la barrière et s'est mis à découper le grillage avec son couteau, les bestioles vouées à la mort se sont réveillées et ont commencé à piailler, leurs ventres couleur crème brillaient dans la lumière froide de mon portable. Le sachet vide entre les dents et le regard fixé sur les ortolans, le Chien sciait à tout-va, il avait fini par dégager un trou lorsque mon portable s'est éteint pour de bon.

La nuit noire tout autour de nous et jusqu'au ciel était pesante. Seule la faible lueur de la ville perçait au-dessus des cyprès vert sombre, des cerisiers de Chine et des bunkers en béton gris-noir, le royaume des grands félins et des pachydermes, la patrie des ocelots et des rhinocéros. Les cris des oiseaux étaient assourdissants, les bestioles avaient bien compris que leur fin était proche, la cage était minuscule, ils n'avaient aucune chance de s'échapper. Le Chien s'est engouffré dans le trou, tel un épervier affamé, et a commencé à remplir son sac en plastique de ces fruits mûrs voletant et criant, certains lui lacéraient les mains mais il paraissait ne rien sentir. Je suis resté dehors devant la cage, j'ai jeté un œil autour de moi à la recherche de caméras de surveillance, et j'ai veillé à ce qu'aucune des petites bêtes ne s'enfuie par le trou dans le grillage. Non loin de là, un lama s'est réveillé et a encouragé les ortolans par ses hennissements.

Les dernières heures de la soirée étaient entamées à l'El Cion. L'établissement s'était en grande partie vidé. Seuls quelques clients restaient accrochés à leur verre de vin et plongeaient dans de tendres souvenirs. Un patron, seul à table avec sa secrétaire, est parti du principe que, étant donné tous les billets qu'il allait débourser ce soir, il pouvait bien raconter à Jessie, la réceptionniste, ses aventures culinaires ennuyeuses à mourir vécues lors de ses déplacements, mais en réalité son histoire était surtout destinée aux oreilles de la secrétaire. Elle ricanait comme une musaraigne bourrée à chaque phrase de son patron, dans quelques minutes seulement elle allait se retrouver dans le lit d'une chambre d'hôtel, les jambes écartées, tandis que lui maudirait sa queue inerte et retirerait de ses doigts tremblants une autre petite pilule bleue de son portefeuille, même si son médecin le lui avait déconseillé.

Un petit groupe était raccompagné jusqu'à la porte, au milieu marchait en titubant une rock star maigrichonne, sèche et excentrique, ses yeux étaient maquillés en bleu et ses cheveux se dressaient en l'air dans toutes les directions, comme sous le coup d'une décharge électrique, son style avait trente ans de retard mais il était malgré tout connu dans le monde entier, son nom était une marque, un produit, et son entourage voletait autour de lui comme des mouettes autour d'un bateau. On les remerciait d'être venus, on espérait que ça leur avait plu, oui, ça avait plu, quelle soirée extraordinaire, le foie gras était une révélation, une « *lifechanging experience* », non, vraiment.

En cuisine, on distribuait des expressos pour décompresser. Les plongeurs avaient commencé à laver le service de la journée. Leurs bruits de vaisselle s'échappaient dans l'arrière-cour, légers et discrets, par les fenêtres entrebâillées.

Les cuisiniers qui avaient fini leur travail et avaient déjà nettoyé leurs postes, si propres qu'on aurait pu y pratiquer une appendicectomie le lendemain matin, étaient debout en train de fumer devant l'entrée de service, fixant le sol, les cheveux en sueur collaient au front et à la nuque, les boutons du haut étaient ouverts, on reprenait son souffle, on était épuisé, sous tension, excité, fatigué et soulagé. Au loin, les cuisiniers en uniforme avaient l'air d'ombres blanches figées devant le mur en béton nu de l'arrière du bâtiment. Seul un point rouge luisait de temps en temps devant leurs visages sombres, puis une fumée pâle s'élevait.

Une fois seulement que nous nous sommes assez approchés avec notre butin, suffisamment pour que les cuistots puissent entendre les cris des oiseaux dans notre sac en plastique, une des ombres blanches s'est détachée du groupe, a fait quelques pas vers nous et nous a barré le chemin. C'était Lily, l'inflexible, elle n'était pas bête, elle a tout de suite su ce qui gigotait à ce point dans le sachet et pourquoi nous étions revenus, elle allait prendre tout naturellement le sac des mains du Chien, mais le Chien ne l'a pas lâché.

Il voulait parler au chef, était-ce elle le chef, était-ce elle Valentino ?, a demandé le Chien. Lily s'est tue un moment, elle n'avait pas l'habitude de répondre aux questions des civils, mais elle a fini par le faire : « Non. Sous-cheffe. »

Le Chien a dit qu'il voulait Valentino, qu'il voulait le chef, pas la sous-cheffe.

« Donne-lui le sac », lui ai-je sifflé entre mes dents, mais le Chien ne desserrait pas sa main, Lily et Said remarquaient qu'ils nous avaient sous-estimés.

Un silence de plomb pesait sur l'arrière-cour, personne ne bougeait, le regard fixe et vide du Chien s'enfonçait dans la tête de Lily, on entendait juste les cris et les piaillements des oiseaux.

Elle a fini par faire un pas de côté en secouant la tête, et nous a fait signe de la suivre. On lui a emboîté le pas et quelques-uns des cuistots se sont rattachés à notre cortège. On a monté les marches qui menaient à l'entrée de service, on a traversé le couloir, on est passés devant la porte des chiottes à droite, derrière laquelle Said m'avait acheté la Ritaline quelques heures avant. On voyait contre les murs du couloir s'empiler des cartons d'aliments venus du monde entier, des grenades du Sri Lanka, de la lotte de mer de Nouvelle-Zélande scellée dans du plastique épais, emballée et envoyée par avion quelques heures après la pêche, des caisses de vin et d'eau minérale très chère pour lesquelles il n'y avait plus de place dans la cave, et qui s'entassaient sous le plafond. Au bout du couloir court et étroit, on est entrés par une petite porte dans la cuisine.

La cuisine de l'El Cion.

La cuisine de Valentino.

Des plans de travail érodés, des casseroles en inox, lavées, astiquées et polies un million de fois. Tout était en inox, fonte et chrome lourds et de la meilleure qualité, la lumière étincelante des néons tombait du plafond et s'infiltrait dans les moindres recoins, ça sentait un mélange de labo, d'abattoir et de bazar exotique.

Les cuistots lavaient leurs postes de travail. Une foule bigarrée de déserteurs, de journaliers et de voleurs, des existences échouées du monde entier dans des uniformes couverts de taches et de sueur nous dévisageaient, personne ne savait pourquoi Lily nous laissait pénétrer dans le ventre de l'El Cion.

Il était assis à une petite table, à l'autre bout de la cuisine, et parcourait les listes de livraisons.

Ses cheveux ne faisaient pas plus d'un millimètre. Des tatouages qui attestaient je ne sais quelles affiliations à des gangs, à des loges maçonniques ou à des familles étaient dispersés comme des cicatrices sur ses jointures de doigts, son cou et ses avant-bras.

Ses yeux étaient fatigués, agressifs et animés par la recherche acharnée d'une profonde quiétude. Il avait l'aura d'un homme qui avait vécu plus de choses qu'il ne lui restait de temps pour les raconter, et son regard froid semblait accuser tous ceux qui l'entouraient d'être responsables du fait qu'il ne trouvait jamais la paix.

Lily nous a fait signe de ne pas nous approcher plus près de son chef ; il a fini par se retourner et nous a regardés.

On était quasiment à trois mètres de lui.

À deux mètres cinquante maximum.

Pas plus en tout cas.

Tout comme Said quand il se tenait à côté d'elle, Lily avait aussi perdu toute autorité en présence de son chef, et se soumettait humblement à son roi.

L'inflexible Lily nous a présentés comme des amis de Said.

« Ce ne sont pas mes amis, s'est aussitôt justifié Said, je ne connais que lui, là », et il m'a montré du doigt.

Les yeux de Valentino se sont posés sur le sac en plastique qui s'agitait et criaillait et a eu l'air de comprendre aussitôt pourquoi on était là, pourquoi on nous avait ouvert la porte et pourquoi on nous avait conduits au cœur de l'El Cion.

« Pourquoi la porte est encore ouverte, là, derrière ? Tout le monde dehors, a-t-il murmuré. Toi, toi et toi, ici, tous les autres dehors. Allez ! »

Aussitôt les cuisiniers qui restaient se sont précipités vers la porte de derrière, et quelques secondes plus tard la cuisine était vide.

Lily se tenait dans notre dos, comme pour nous barrer la route si jamais il nous prenait l'envie de quitter la pièce brusquement. Je n'étais pas très à l'aise. J'avais déjà vécu pas mal de choses dans ma vie, mais maintenant je me sentais mal, il y avait quelque chose qui clochait dans mon ventre, j'aurais bien aimé m'asseoir.

« Je ne vous ai pas déjà vus quelque part, les deux gigolos ? Vous n'avez pas mangé en salle, il n'y a pas longtemps ? Sans fric ? », nous a-t-il demandé.

J'ai cru que j'allais crever sur place.

« Oui… » ai-je répondu, et j'allais m'expliquer mais Valentino a balayé mon bredouillement d'un simple geste de la main.

« Et maintenant vous débarquez ici avec un sac-poubelle à la main, pas mal, pas mal. Montre voir ! »

Valentino a poussé de côté les papiers, les listes et les dossiers pour que le Chien puise poser le sac sur la table, puis il l'a ouvert avec prudence pour qu'aucun des oiseaux ne puisse s'échapper et a regardé à l'intérieur.

« Où est-ce que vous les avez trouvés ? Quel connard peut bien vendre des ortolans à moitié morts ? »

Je me suis dépêché de chercher une réponse mais avant même qu'il me vienne une idée, le Chien m'a pointé du doigt et a dit de sa voix gutturale que ma cousine travaillait à la douane, à l'aéroport.

J'étais surpris. Il ne m'avait jamais parlé de ça. Valentino m'a regardé.

« Ah oui ? À la douane ? Vraiment ? Et qu'est-ce qu'on fait passer à la douane ? »

Tout. Tous les jours. Tout, mais ce n'était pas si facile. Il y avait des caméras partout mais on pouvait tout récupérer. Tout, a dit le Chien, il était encore plus cramé que ce que je pensais.

« Sa cousine ? », a demandé Valentino en haussant un sourcil.

Oui, elle s'envoyait un agent. À la douane. Elle pouvait tout récupérer. Elle pouvait prendre des produits fins spéciaux. Tout, a dit le Chien.

Je crois que Valentino a eu l'air de me remarquer vraiment pour la première fois, comme si je venais tout juste d'entrer dans la cuisine.

« Ta cousine baise les douaniers de la salle des scellés ? », m'a demandé Valentino.

J'ai hoché la tête.

« Bien sûr. Vous voyez une autre explication ? »

Je me suis interrompu au milieu de ma phrase pour déglutir difficilement, ma langue avait un goût de carton, ma gorge était si sèche qu'elle émettait un bruit sec, j'ai essayé de ravaler ma salive. Lily l'inflexible commençait à se méfier, elle me sondait du regard, des pieds à la tête.

On pouvait trouver des crapauds dorés, a dit le Chien, qui en remettait une couche, et puis il m'a demandé comment s'appelaient ces crapauds déjà.

« Jīn-Wā », j'ai répondu, la voix enrouée.

Pendant une éternité, personne n'a dit un mot. Valentino a pris une profonde inspiration, il a poussé un soupir qui semblait vouloir dire : « Bon, on va peut-être regarder tout ça de plus près, alors, pas vrai ? »

Il s'est penché en avant et a entrouvert le sac. On pouvait voir sur le dos de sa main le motif d'un serpent devant un soleil levant en forme de pomme.

« Il y en a combien ? », a-t-il voulu savoir.

On ne savait pas. Il y en avait peut-être qui étaient déjà morts, on ne savait pas. Sept ou huit peut-être, a répondu le Chien. Et puis il s'est tourné vers moi pour savoir si j'avais compté les oiseaux.

J'ai secoué la tête. Je ne me fiais plus à la langue dans ma bouche. J'espérais que cet idiot allait enfin arrêter de me poser des questions. Lily lisait dans mes pensées, plissait les yeux et me dévisageait tandis que le voyant d'un détecteur de mensonges clignotait furieusement sur mon front. Valentino tentait de compter les oiseaux mais ce n'était pas si simple, ils gigotaient dans tous les sens et grimpaient les uns sur les autres, comme de minuscules chiots aveugles.

L'aération vrombissait au-dessus de nos têtes, les néons bourdonnaient, mes pulsations cardiaques, dures et sèches comme du bois, entaillaient chacune de mes inspirations, clac-clac-clac, j'aurais pu jurer que tout le monde dans la pièce pouvait l'entendre, et j'ai croisé les bras sur ma poitrine mais ça n'a rien arrangé. Alors je suis devenu rouge. Je sais de quoi j'ai l'air quand je deviens rouge.

« Enfin, de toute façon il va d'abord falloir les gaver. Qui sait combien vont survivre dans le lot, a fait remarquer Lily. Je ne sais vraiment pas si ça vaut le coup.

— Va chercher le cabernet, l'italien, lui a dit Valentino, et donne de l'eau à ces putain de piafs. Il reste des clients de l'autre côté ? »

Il a pris le sac, a jeté un œil à l'intérieur.

« La vache, ils ont vraiment l'air au bout du rouleau.

— Les derniers clients sont en train de régler. Dans quelques minutes on sera tranquilles », a répondu Lily l'inflexible, puis elle est allée chercher une bouteille de cabernet et quatre verres sur l'étagère, a servi et a pris l'un des verres.

« À vous deux, les gigolos ! » Et Valentino a descendu son vin d'un trait. « Nom de Dieu, des ortolans dans un sac-poubelle. J'avais encore jamais vu ça. »

Lily s'est mise à la recherche d'un récipient qui puisse servir de cage pour que les oiseaux puissent de nouveau respirer, Valentino s'est assis et a pris une grande inspiration, comme s'il était franchement lessivé.

« Bon. Ça coûte combien, cette petite plaisanterie ? »

J'avais à peu près repris toutes mes forces, et là, c'était à mon tour de jouer. Je n'étais pas l'assistant du Chien, j'avais aussi mon mot à dire, comment le Chien aurait bien pu savoir aussi combien valaient ces trucs. Je me suis raclé la gorge et je me suis lancé.

« Eh bien, ça n'a pas été une mince affaire de s'en procurer. Il n'y a pas longtemps, on pouvait encore rapporter par avion du caviar dans des boîtes de pâtée pour chien…

— Combien ? », a hurlé Valentino.

J'ai sursauté, et avant même que je puisse répondre à la question de Valentino, le Chien m'a coupé la parole.

« Rien, a-t-il dit.

— Quoi ? », a demandé Valentino

Rien. Ça n'allait rien coûter, a répété le Chien.

« Quoi ? », ai-je demandé.

Valentino nous a regardés à tour de rôle, l'air énervé, il attendait une explication, mais ni moi ni Lily n'en avions une en stock. Ce n'est qu'après un certain temps qu'on a saisi ce que le Chien voulait nous dire.

Au lieu d'accepter de l'argent, on commencerait à travailler ici, à l'El Cion, voilà ce qu'il nous faisait comprendre. Comme cuisiniers, ici, à l'El Cion.

Valentino a jeté un œil à Lily, pour savoir si elle pouvait lui expliquer ce délire.

« Ça, vous pouvez oublier, les gars », a-t-elle dit, sans se laisser impressionner, et puis elle s'est décalée sur le côté pour que, le Chien et moi, on puisse disparaître de là sans encombre, alors le Chien a chopé le sac et s'est dirigé vers la sortie, je ne savais pas très bien quoi faire, tout est allé un peu vite.

Pas de problème, a dit le Chien. Pas de problème, les cuisiniers du Gaspar allaient peut-être vouloir récupérer les oiseaux, pas de problème.

« Hé », a aboyé Valentino dans son dos, le Chien s'est arrêté.

Valentino s'est levé lourdement de sa chaise et s'est avancé vers lui.

« Attends. Pas si vite. Bon Dieu de bon Dieu, ce que vous pouvez être susceptibles ! »

6

Mon uniforme de cuistot m'allait plus ou moins bien, celui du Chien était trop grand. On était debout en rangs d'oignons avec les autres, et on écoutait le briefing de Lily l'inflexible. Le personnel de salle, à droite, était tout en noir – les cuisiniers, à gauche, étaient habillés en blanc, tout le monde se tenait bien droit, personne n'osait s'appuyer quelque part ni s'asseoir. On regardait bien fixement Lily l'inflexible pour ne rien rater de son briefing, Valentino était au téléphone, l'El Cion allait ouvrir dans une heure.

Ce soir, on comptait en tout vingt-deux clients qui avaient réservé, récitait Lily d'une voix monocorde. À la table six, quatre personnes de la Société Goumont à 18 h 30. Ils mangeraient du turbot. Chacun un filet d'un turbot de six ou sept kilos. Poêlé dans du beurre salé. Déglacé avec du vinaigre de cidre. Accompagné de salicorne, des barbes du poisson et de pieds de palourdes. Le poireau serait cuit à l'étuvée avec du beurre citronné. On réutiliserait le bouillon de palourdes et de poireau, on le monterait au beurre et on le parfumerait avec des pommes Granny-Smith séchées en pétales.

Puis, les torches ont été allumées à l'entrée de l'El Cion, leurs flammes sont montées d'un coup dans un « vouuuch » presque imperceptible. On a ouvert les portes, une nouvelle journée débutait, les premiers clients allaient arriver dans un quart d'heure, la machine commençait à rouler, les pistons se mettaient en mouvement, la pression montait lentement, ça claquait dans les cylindres, les premières commandes parvenaient au passe, les filets tombaient en grésillant dans les poêles brûlantes.

Le Chien et moi, on était affectés comme commis au fond de la cuisine, on portait les uniformes de l'El Cion, on était deux d'entre eux. On n'était plus des civils ou des dealers que les autres voulaient bien supporter tant qu'ils étaient accros et qu'on avait assez de poudre. On faisait partie de la brigade. On était dans la même pièce, dans la même cuisine, on respirait le même air que le grand Valentino. On l'entendait crier. On distinguait les gouttes de sueur sur son front. On voyait de nos propres yeux de la vaisselle en cristal étincelante voler au-dessus de nos têtes dans la lumière froide des néons. On sentait le sang cuit de la langue de bœuf. La vapeur du beurre de sauge fondu. Les notes âcres des champignons des bois en train de réduire à feu moyen. S'il existait vraiment un dieu du palais, un dieu nu, au pied de bouc et au nez crochu, toujours en chaleur, que des femmes plantureuses aux gros nichons gavaient de raisins sans interruption tout en chevauchant son visage, alors il baisserait les yeux sur nous et nous sourirait.

« Bien joué, les gars, grognerait-il, bien joué. »

La cuisine de l'El Cion était un moloch de sang, de sueur, de produits chimiques, d'adrénaline et des mets les plus délicats qu'on puisse s'imaginer, le ton employé était pire qu'à l'armée, tout le monde courait et transpirait, le Chien versait de l'huile pimentée d'un gros bidon dans de tout petits contenants.

Quand on est cuisinier, on peut manger tout ce qu'on trouve, c'est comme ça dans toutes les cuisines du monde. C'est de cette manière qu'on se nourrit, c'est grâce à ça qu'on arrive à tenir, tous les jours, des services de quatorze heures sans prendre de pause déjeuner. On travaille, on mange, on boit et on baise ici, en cuisine. C'est ici qu'on vit. C'est ici, notre foyer. L'autre foyer, ce n'est pas un foyer. C'est juste une chambre, un réduit, une cellule de dégrisement avec un matelas par terre, plein de taches, sur lequel on essaie de dormir ou de récupérer un peu après avoir perdu connaissance.

Même notre premier café du matin, on le boit ici aussi, dans la cuisine, pendant les minutes paisibles, incertaines et vides, avant que la boutique ouvre. On prend le petit déjeuner à midi, en préparant la mise en place. On mange ce qui reste sur les trognons et dans les recoins, autour des noyaux des mangues à sept euros pièce, récoltées quelques jours plus tôt, parfois quelques heures seulement avant qu'elles atterrissent dans nos bouches, du riz au lait du sol volcanique de la région de Tasikmalaya, en Java occidentale, collé au fond des casseroles. On enfourne dans nos gosiers ce que les clients font retourner, on récupère les restes quand on les enlève du plan de travail ou quand ils sont emportés à la poubelle. Tout ça, c'est permis, tout le monde le fait, personne n'a de problème avec ça. Mais pas un seul n'oserait tremper son petit doigt dans une soupe ou chiper une groseille glacée sur une assiette sur le point d'être posée sur le passe.

Le Chien, lui, léchait tous les ingrédients qui lui passaient sous la main, peu importe combien de fois on le tapait derrière le crâne pour l'en empêcher, ça ne changeait rien. Il avait toujours l'air absent, on aurait dit qu'il attendait un bruit dans sa bouche, que le goût cachait lui-même quelque chose, comme par un tour de passe-passe.

Il convoitait en permanence les ingrédients spéciaux, comme s'il ne les avait jamais vus mais qu'il les avait recherchés toute sa vie. J'étais trop loin de lui pour lui envoyer un coup de pied dans les couilles, et j'étais occupé à faire le ménage sous chacun des postes.

En réalité, mon travail était inutile, normalement on ne laisse les aides-cuisiniers nettoyer les postes que le soir. Et même dans ce cas, ils ne lavent que jusqu'à hauteur de cheville. Tout ce qui est en dessous, c'est l'équipe de nettoyage qui s'en charge.

Personne de la brigade ne le fait. Pour ça, il y a des immigrés clandestins, qui sont contents de pouvoir respirer autre chose que la poussière du béton sur les chantiers ou les produits d'entretien lors du démontage de salons quelconques en zone industrielle. Je ne savais absolument pas pourquoi je devais relaver les postes de travail dès le matin alors qu'ils étaient encore nickel, mais peu importe, je m'affairais sur chacun d'eux en remontant de gauche à droite.

Une autre règle d'or en cuisine est de toujours laisser passer ceux qui ont un rang plus élevé. Il y a des hiérarchies partout dans le monde. Partout. N'importe quelle entreprise a son chef, ses employés, ses subalternes, son ordre hiérarchique, sa division en différentes races sociales, mais en règle générale, ils ne se partagent jamais un seul espace. D'habitude des étages entiers, quand ce ne sont pas des milliers de kilomètres, séparent le simple larbin de la direction d'une entreprise.

En cuisine, ce n'est pas pareil. Le petit peuple se bouscule avec le personnel dirigeant dans le même espace extrêmement étroit et mal alimenté en oxygène, comme dans un sous-marin ou une cabine de tank. C'est pour ça qu'il y a des règles. L'une d'elles est que les grades inférieurs doivent laisser le chemin libre aux grades supérieurs, sur-le-champ et sans qu'on le leur demande. Là aussi, tout le monde s'y tient, mais quand je suis arrivé à la hauteur du Chien, il avait l'air de ne pas remarquer du tout qu'il était sur mon chemin, il restait planté là, têtu comme un bœuf, il était absorbé par la contemplation d'une huile qui glougloutait, visqueuse et dorée, dans un petit récipient. Je l'ai poussé, il en a renversé un peu à côté, je l'ai engueulé en lui demandant ce qu'il foutait et s'il n'avait pas d'yeux. Le Chien ne m'écoutait absolument pas. Il a regardé à travers moi, comme quelqu'un qui cherche quelque chose dans le noir. C'était inquiétant et angoissant.

Pendant que je lui apprenais des secrets vitaux et les règles de la brigade, il tâtait avec sa langue la brillance satinée du piment qu'il avait mis dans sa bouche, essayait de distinguer le goût de l'huile de celui de la crasse sous les ongles de ses doigts, et avait la vision du lieu et du moment où les cosses avaient été cueillies par des ouvriers en sueur sous les rayons ardents d'un soleil du Sud, dans la brume poussiéreuse d'une plantation. Aucun de mes mots ne lui parvenait. Telle une mère qui cherche son fils tombé au front dans une gare bondée, le Chien s'enfonçait dans le magma de saveurs sur sa langue, personne ne savait ce qu'il cherchait, lui seul semblait l'entrevoir, lentement mais sûrement.

C'est à ce moment, au plus tard, que j'aurais pu remarquer, que j'aurais dû comprendre ce qui nous attendait. Le talent divin du Chien, qu'on ne peut qu'honorer, tout ça était bien joli, mais mélangé à cet entêtement borné, absolument indomptable, c'était un mariage calamiteux, toxique, un breuvage épouvantable, diabolique.

Vouloir lui enseigner les règles en cuisine, c'était comme expliquer à un clébard de ne pas traverser la rue quand le feu est rouge. On pouvait le battre, lui donner des coups de pied et le frapper quand un feu rouge s'allumait, jusqu'à ce qu'il fasse un jour le lien entre la lumière rouge et les douleurs sur sa gueule, mais il n'aurait pas compris le sens profond que cachait cette règle. J'ai arraché le bidon des mains du Chien et je lui ai jeté le chiffon sur la tête.

« Laisse-moi faire. Va nettoyer là-bas. »

Il m'a regardé d'un air obtus.

« Allez ! Là-bas. Nettoie. »

Le Chien ne comprenait pas que j'étais son supérieur, que c'était uniquement grâce à moi qu'il avait le droit d'être ici, en cuisine, mais il a tout de même fini par se mettre à frotter avec son chiffon les socles des postes de cuisine ; il s'exécutait mais il n'avait pas compris.

En début d'après-midi, Lily est allée chercher le carton avec les oiseaux sur les étagères, et l'a posé sur le plan de travail. Le couvercle était percé de trous d'aération. Munie d'un torchon propre, elle a tiré un des ortolans hors de la boîte. L'oiseau clignait des yeux, tremblait et chantait, et lorsque Lily, avec beaucoup de délicatesse et presque même de tendresse, lui a crevé les yeux avec la pointe d'un pic à glace, il a été pris de panique, Lily l'opérait avec la même précision que si elle ouvrait le boîtier d'une montre suisse. Une fois les ortolans aveugles, ils se nourrissent de figues, de millet et d'avoine jusqu'à se faire exploser le ventre. Les oiseaux ne peuvent presque plus tenir debout tant ils deviennent gras, j'ai vu ça sur des photos sur Internet, mais jamais encore de mes propres yeux, et ensuite, une fois qu'ils sont bien gras, on les noie dans l'armagnac.

En réalité, poser une serviette sur la cage est suffisant pour les plonger dans l'obscurité, mais l'El Cion avait des traditions, même si Valentino était un anarchiste qui s'efforçait, du matin au soir, de briser les règles établies ou de les contourner, il célébrait malgré tout la vieille cuisine en secret. L'oiseau était stressé, et il s'agitait comme un dératé, de minuscules gouttes de sang collaient les plumes sur sa tête. De temps en temps, Lily tirait un oiseau par ses ailes pour vérifier s'il était encore en vie. Elle pensait que ça devrait prendre encore au moins une ou deux semaines avant qu'ils soient gras, a-t-elle dit, et puis elle a demandé à Valentino s'il était sûr de vouloir inviter Nido à la dégustation d'ortolans, il n'était jamais venu et il ne le ferait sûrement pas cette fois non plus, on se rendrait juste ridicule à lui courir après sans arrêt, aïe, la sale bête m'a donné un coup de bec, saloperie.

Valentino a hoché la tête, il n'en avait rien à foutre, ils proposeraient quand même à Nido, vaille que vaille, et les cartons d'invitation devaient partir le jour même, ils prépareraient les oiseaux le samedi suivant, ils seraient assez gras d'ici là.

Une douce pluie d'été est tombée en début de soirée, et tandis que l'odeur pure de la poussière mouillée montait par les fenêtres ouvertes, le rush habituel du soir a commencé.

Valentino se tenait au passe et réceptionnait les commandes.

« Trois tartares d'anguille de la Havel, dont un avec supplément de moutarde. Un filet de veau. Deux mâches aux cynorhodons... »

Lily l'inflexible fixait les papiers sur le pince-commandes avec ses doigts mouillés et bougeait les lèvres sans rien dire, répétait-elle les commandes en silence ou récitait-elle l'*Ave Maria* ? Personne ne le savait.

« Il en est où, le ragoût ? », a aboyé Valentino à travers la pièce.

Ça chuintait et ça fumait dans la cuisine, l'air était à couper au couteau.

« Deux minutes et demie, chef », a répondu Sergej, le rôtisseur ukrainien variolé, hurlant de je ne sais où, au fond de la cuisine.

« La sauce aux truffes ?

— Quatre minutes, chef », a crié le saucier depuis un autre endroit.

On nous avait affectés, le Chien et moi, en renfort aux postes de cuisine, le Chien était derrière un piano et faisait griller des croûtons de pain, j'étais à côté de lui, je bourrais des cailles de farce, je gardais un œil de lynx sur le Chien pour veiller à ce qu'il ne fasse rien de mal, j'étais responsable de lui et j'observais chacun de ses gestes de manière à pouvoir intervenir à temps si besoin et à rattraper le coup.

« Toujours en mouvement. Il faut toujours que ce soit en mouvement, sinon ça brûle. Comme ça. »

J'ai mis de côté ma farce et j'ai montré au Chien comment remuer les cubes de pain gros d'un centimètre de côté dans du beurre Bordier et une cuillère à soupe d'huile Frantoio Franci, jusqu'à ce qu'ils finissent par avoir la couleur d'un coucher de soleil californien.

« Ils en sont où, les croûtons ? », a grondé Lily depuis le passe.

D'un seul coup, on s'est retrouvés en plein sous les feux de son projecteur, j'ai laissé la poêle du Chien claquer sur la plaque, et je suis retourné d'un bond à ma place. Le Chien ne savait pas que Lily attendait de lui une estimation claire et précise du temps restant, assez fort pour qu'on puisse l'entendre au milieu du bruit diffus de la cuisine, au lieu de ça, il avait le nez planté dans une boîte d'épices vertes.

« Deux minutes », lui ai-je soufflé.

Il m'a regardé sans comprendre.

« Dis : deux minutes, putain de merde », lui ai-je sifflé, comme si j'étais en train d'aider un camarade de classe à un examen oral.

« Deux minutes ? », répétait le Chien dans un murmure, même pas assez fort pour que je puisse l'entendre moi, alors encore moins les fous au passe, devant.

« Les croûtons, bordel ? », a grincé Lily.

Elle n'avait pas l'habitude de devoir poser deux fois la même question.

« Deux minutes, chef », ai-je beuglé à la place du Chien, Lily nous a jeté un regard amer.

Comme quand il était au snack, le Chien avait l'air de planer complètement, il avait découvert une poudre violette rougeâtre et la léchait, comme un homme de Néandertal qui cherche à savoir si la racine qu'il tient dans ses mains peut se manger. Il avait de nouveau ce regard vide, comme s'il ne pouvait plus percevoir le monde, les hommes, leurs peurs, leurs soucis, le passé et le futur que par le goût sur le bout de sa langue. Je lui ai arraché le poivre des mains et l'ai reposé à sa place.

Lily était en train de trancher un filet de veau lorsqu'elle s'est méchamment coupé la main.

« FUCK ! », a-t-elle hurlé, et elle a continué à écumer de rage, le sang jaillissait de sa blessure, sombre et épais, par vagues.

Elle a donné l'ordre à Romanov, le garde-manger, une espèce de montagne tatouée de la tête aux pieds, de la remplacer à son poste, là, le filet de veau doit être tranché à une épaisseur de deux centimètres et demi, aïe, aïe, aïe, cette putain de saloperie de veau à la con, fulminait-elle. Sur la nuque de taureau graisseuse de Romanov trônait le tatouage d'un serpent qui mordait dans un soleil aux allures de pomme et dont le corps imposant remontait jusqu'à l'arrière de sa tête. Romanov a quitté son poste et a fini de découper le filet de veau avec le couteau ensanglanté de Lily, on l'attendait depuis longtemps au passe, il a d'abord été saisi quelques secondes à feu vif de chaque côté sur une plaque brûlante, puis passé à Valentino qui a déglacé la viande avec un Château Lafite, essuyé le sang de Lily avec un chiffon propre et envoyé le plat en salle. Et elles en étaient où, les fraises, a-t-il gueulé derrière lui, est-ce qu'on les avait déjà glacées, restait-il encore assez d'azote, il devait encore y avoir une bouteille derrière.

Un des commis a collé du gaffer autour de la main de Lily, puis elle a enfilé un gant en latex par-dessus, de sorte que le sang qui s'écoulait ne puisse plus goutter sur les assiettes. Valentino examinait avec stupeur un filet qu'on venait de poser devant lui sur le passe. Il s'est penché juste au-dessus, les bords étaient rose clair.

« C'est quoi, cette merde, a-t-il gueulé, c'est encore cru, ça, qui est responsable de ce putain de truc ? »

C'était lui, chef, a répondu Sergej avec bravoure, et il s'est avancé d'un pas, comme un simple soldat qui se livre à son officier, à son juge, à son créateur et à son bourreau. Pas un seul cuistot ne levait les yeux de son travail, ils avaient peur que ça se retourne contre eux. Ils me faisaient penser à des otages dans un avion, ils ressentaient sans doute exactement la même chose quand l'un d'eux devait remonter l'allée pour rejoindre un des terroristes à l'avant, celui qui attirait l'attention sur lui ne pouvait s'en prendre qu'à lui-même.

Plus près, a grincé Valentino, Sergej était si proche de lui qu'on commençait à ne pas en mener bien large. Si on avait glissé une serviette en papier entre les bouts de leurs deux nez, elle ne serait pas tombée. Alors Valentino a pris une profonde inspiration, ses poumons ont aspiré dans un râle des litres d'oxygène, et puis c'était parti, il a hurlé de toutes ses forces au visage de Sergej, si fort que le cuisinier a fermé les yeux sans le vouloir, qu'il aille se faire foutre et qu'il était une abrutie de face de pine.

Après une telle information, Sergej s'est retourné pour se retirer, il avait fait trois pas, il a pu s'éloigner de Valentino de trois pas avant qu'il lui crie de revenir. L'engueulade a continué, il hurlait encore plus fort cette fois, si fort qu'un médecin aurait pu s'inquiéter pour ses cordes vocales, et il traitait Sergej comme une brebis galeuse, il lui disait d'aller se faire foutre, qu'il était un sale crétin, et il lui avait déjà dit de se casser, hurlait-il, et il a jeté la viande en direction de Sergej, elle l'a manqué de peu et est retombée plus loin sur un poste de travail, comme une balle dum-dum, a renversé d'une plaque une casserole avec du beurre fondu, a glissé sur le bord et Kevin a fait un bond de côté juste à temps avant que le filet retombe par terre en claquant, j'ai prévenu le Chien qu'il ne devait pas regarder, qu'il devait continuer à faire ce qu'il faisait, et je l'ai forcé à baisser la tête de nouveau tandis qu'il était en train de loucher sur la viande par terre. Said épluchait des pommes de terre et balançait la tête comme un idiot au rythme de la musique sur son portable posé à côté de lui. De la musique électronique, vraiment bonne, composée par des dieux : « *I need you by my side, every day and every night.* » Said connaissait les paroles, il comprenait leur sens profond, il était submergé par les souvenirs, et des pleurs coulaient le long de son visage, Conny a glissé sa tête au milieu du passe et a demandé ce qu'il se passait avec l'anguille, combien de temps ç'allait encore prendre, les clients étaient à deux doigts de tout casser.

À minuit pile, on avait conduit le navire à bon port, plus de deux cent cinquante repas avaient été envoyés, et vers 1 heure du matin on est descendus de la galère en rampant, comme si on avait retiré à chacun de nous une poignée de vertèbres, on se traînait dans la rue à moitié aveuglés par les douleurs, on avalait dans le brouillard les alcools blancs que Romanov nous claquait sur le comptoir de je ne sais quel bar à côté de l'El Cion, où et comment on a dormi, je ne sais plus, les premiers souvenirs ne sont revenus que le lendemain matin, lorsque le chuintement de la Gaggia nous a sortis du coma.

On s'était rassemblés autour de la machine à café comme autour d'un feu de camp, sans un mot, en frottant nos blessures de la nuit dernière, cramponnés à notre expresso, telle la première tasse de thé chaud après un sauvetage sur les neiges éternelles. La vie revenait peu à peu dans mon corps, les nerfs nécrosés dans mon dos se ressoudaient, ma vue s'éclaircissait, l'El Cion n'ouvrait que dans un quart d'heure. On avait quinze minutes de repos, quinze minutes pendant lesquelles personne ne parlait, personne ne posait de question, pendant lesquelles nous savourions les secondes, nous les vénérions comme si c'était les dernières, comme si on était sur notre lit de mort et qu'on pouvait enfin saisir et apprécier l'importance et la grâce d'un moment, j'avais l'impression d'être aux soins intensifs et qu'un médecin se penchant au-dessus de moi me disait que j'avais encore eu de la chance sur ce coup-là. La machine à café au milieu de nous chuintait et gargouillait joyeusement, les leviers chromés cliquetaient d'un air innocent et rêveur, le mousseur à lait mugissait et grondait comme un orage lointain, léger et inoffensif, avec douceur et tendresse, quinze minutes de repos, quinze minutes où j'ai pu remercier la sainte Mère avant de rouvrir les yeux, avant de gagner mon poste en cette nouvelle matinée.

La semaine est passée à toute vitesse, comme dans un rêve, le Chien et moi apprenions peu à peu où se cachaient les pièges, comment échapper aux tirs automatiques, où étaient enterrées les mines antipersonnel, on s'en tirait avec adresse, plus d'une fois j'ai pu empêcher le Chien de faire une grosse connerie, et ça s'est vraiment compliqué à la fin, le samedi, le jour où les ortolans devaient être servis. Ce jour-là, on aurait dit qu'il y avait un ver dans le fruit, des commandes restaient en attente en permanence, des accompagnements étaient mal programmés, l'atmosphère était extrêmement tendue et nerveuse, et en fin d'après-midi la bombe a éclaté, Conny a rapporté un flétan, pour la deuxième fois.

« Le flétan de la douze revient. Encore trop salé », a-t-elle lancé en cuisine, et puis elle a dit les mots qui fâchent.

« Je crois que le type de la douze est un testeur. »

Valentino a sursauté comme si on lui avait annoncé que le front Est venait de tomber.

« La douze. Un testeur à la table douze !, a répété Conny.

— Sûre ? », lui a crié dessus Valentino comme si c'était sa faute, comme si c'était elle qui avait eu l'idée d'inviter personnellement un testeur.

« Fuck. Fuck. Fuck, glapissait Lily.

— Oui, a insisté Conny. Il est tout le temps en train de noter des trucs dans son carnet, et il observe le service et les plats des autres clients aussi. »

Valentino s'est faufilé jusqu'au passe et a jeté un œil dans la salle pour voir quelle tique s'était nichée à la douze. Durant tout ce temps, un téléphone nous tapait sur les nerfs en bruit de fond, mais on n'en a vraiment pris conscience que lorsque Lily a décroché avant de hurler à Valentino à travers la pièce : « Chef, téléphone ! »

Sa main était posée sur le combiné, ça faisait déjà une semaine qu'elle était morte, la blessure ne voulait vraiment pas guérir, la veille la cicatrice à moitié refermée, ramollie par l'eau et la sueur, s'était rouverte, le sang coulait de nouveau, débordant de son gant en plastique, mais tant qu'il était absorbé par l'uniforme de Lily et ne tombait pas sur les plats, ça ne posait aucun problème.

« Il a aussi checké les toilettes, a dit Conny, si ça, c'est pas un testeur, alors je ne comprends plus rien. »

Valentino guettait derrière le passe, il voyait la petite salope à la table douze, un testeur type comme on en voit dans les livres, pas assez talentueux pour monter lui-même quelque chose de valable, trop perfide pour laisser les autres tranquilles, de l'espèce qui adore pisser de haut sur les autres, en faisant le moindre effort et avec l'arrogance la plus totale. Il était assis là, au milieu de la pièce, la colonne vertébrale tassée, roux et répugnant, impuissant, pédant et coincé comme une serrure mal huilée. Il croyait être un roi capable de se mêler incognito à la populace, voulant voir maintenant ce qu'ils avaient dans le ventre ici, il n'était pas du genre à se laisser duper si facilement, il en avait vu d'autres se traîner à genoux à ses pieds, implorant sa grâce en geignant, ce n'était pas avec une entrée bordée de flambeaux et un intérieur pseudo-fasciste qu'il allait se laisser berner. Même aux histoires sur ce client à qui Valentino aurait, paraît-il, cassé quelques dents, il ne croyait pas tellement, tout ça sentait un peu trop le coup marketing, de nos jours tout le monde devait jouer les gangsters, ce n'était pas avec ça qu'on allait l'impressionner, il était bien plus intéressé de savoir ce que ce chiffon plein de sang faisait dans l'assiette devant lui.

7

« Oui, c'en est un », a ronchonné Valentino, puis il a gueulé dans la salle des machines derrière lui qu'il y avait un iceberg en vue à bâbord, machines arrière à pleine puissance, barre à tribord toute, un nouveau flétan dans la poêle, pas de sel, pas d'assaisonnement, Valentino s'en occuperait lui-même.

« OK, chef », a gueulé Sergej en retour.

« Chef, téléphone ! »

Cela venait de Lily cette fois.

Valentino a pris le combiné d'un geste énervé, le flétan allait avoir besoin de trois minutes et demie, c'était tout le temps dont il disposait, quel branleur pouvait bien appeler à cet instant précis ? Les yeux plissés, il essayait de comprendre ce que lui voulait le type à l'autre bout de la ligne, et puis il s'est retiré dans son bureau, ç'avait l'air important et Valentino semblait avoir attendu ce rappel.

« Oui ? », a-t-il crié dans le combiné.

Il se bouchait l'autre oreille.

Et puis la porte de la cour s'est ouverte d'un coup.

Je me tenais dos à l'entrée de service, mais j'ai pu comprendre à la réaction des autres que quelqu'un venait d'entrer par cette porte, quelqu'un qui faisait contracter l'ensemble des muscles de la pièce, j'avais appris entre-temps à me concentrer uniquement sur mon travail jusqu'à ce qu'on m'adresse directement la parole, c'est ce que faisaient tous les cuistots de l'El Cion. Personne ne s'est retourné vers l'entrée de service, personne n'a levé les yeux de son travail, tous sont restés complètement absorbés par leurs tâches respectives, un gémissement sourd, silencieux, traversait la pièce, et lorsque j'ai fini par jeter malgré tout un bref coup d'œil sur le côté, précis et discret, le choc m'a frappé au larynx sans prévenir, comme un marteau-piqueur, Alisha venait d'entrer dans la cuisine. La fille de l'autre côté du trottoir, le jour de la réouverture de l'El Cion, à l'époque où on travaillait encore au kebab, l'époque de Vaslav.

Alisha était entrée dans la cuisine comme dans son propre salon. L'odeur de son parfum et de sa sueur se diffusait tel un gaz de combat léger à travers la pièce, et se mêlait à la puanteur toxique de nos hormones de stress. Alisha portait un T-shirt trop grand sur lequel Sonic le hérisson nous souriait. Ses baskets étaient vieilles et usées. Elle était à cinq mètres de moi. Elle faisait semblant de ne pas me connaître, elle m'ignorait comme si je n'étais même pas là.

« Eh, vieux, c'est elle. C'est elle ! Elle, là-bas. Derrière, à la porte d'entrée. C'est elle. »

Mais le Chien ne cherchait pas du tout à vérifier ce que je disais. Said a laissé ce qu'il faisait en plan et a couru dans le bureau pour prévenir Valentino qu'Alisha venait d'entrer en scène.

Un commis dont je n'arrivais pas à retenir le nom a fait claquer un plat de fond de veau sur la plaque à côté de moi.

Tout en remuant le fond dans un faitout, il m'a demandé si j'avais vu la cicatrice sur le cou de Said, Valentino l'avait surpris à reluquer trop longtemps le cul d'Alisha, le vieux était jaloux comme un tigre, j'avais pas idée à quel point, lui il s'en fichait bien mais, à ma place, il ne materait pas la femme de Valentino comme si je venais de sortir de taule.

Ceux qui pouvaient saisir le regard d'Alisha la saluaient avec timidité, amabilité et respect, mais personne ne lui adressait la parole, Alisha était intouchable.

« Pas de problème, l'ai-je rassuré. La question ne se pose pas. »

Enfin elle a dirigé son regard vers nous, comme si elle avait entendu de quoi on parlait. Ses yeux étaient indescriptibles. Bleus comme le matin naissant sur les neiges éternelles. J'étais encore loin, loin d'être à son niveau, beaucoup trop loin pour obtenir d'elle un simple soupçon de respect et d'attention, mais ce jour viendrait. Tôt ou tard. Un jour, ça arriverait. Alors elle m'enverrait des photos d'elle, les joues rouges, dans des cabines d'essayage, et me demanderait si elle devait mettre plutôt cette tenue ou l'autre, cette nuit.

Valentino est sorti de son bureau pour aller saluer Alisha, le téléphone toujours collé à son oreille, Said le suivait d'un pas pesant. Stop, stop, stop. Il n'en avait rien à foutre, Valentino interrompait le type au bout du fil, il pouvait bien faire ce qu'il voulait avec son dos de chevreuil, tout ce qui l'intéressait, lui, c'était le cœur de la bête, et il ne devait pas faire comme s'il entendait ça pour la première fois. En voyant Alisha, Valentino a fait un geste contrit pour lui faire comprendre qu'il ne pouvait pas interrompre comme ça sa conversation téléphonique. Il a essayé de l'embrasser tendrement dans le cou, mais elle s'est dégagée, avec délicatesse mais sans équivoque.

« Tu veux manger quelque chose, ma chérie ? », a-t-il murmuré.

Alisha n'a pas répondu mais s'est laissée tomber sur une chaise comme un sac de farine, dans ces moments-là, elle se rappelait comme la vie avec Valentino était ennuyeuse et à quel point ses beuglements étaient pénibles. Elle a jeté ses cheveux en arrière, comme si des caméras étaient dirigées vers elle, a étendu ses jambes telles deux barrières en travers de la pièce, personne ne devait regarder, on suait sang et eau.

« AAAAAHH ! »

Dans le chaos noyé d'adrénaline, Sergej s'était brûlé l'avant-bras, il avait essayé de verser de la graisse de cuisson sur un canard, il a laissé tomber la casserole en poussant un hurlement, deux autres cuistots à sa droite et à sa gauche ont eu les jambes aspergées de graisse, ils ont fait un bond de côté avec un cri aigu, les douleurs de Sergej devaient être infernales, il gueulait comme un veau.

Quelques cuisiniers et commis essayaient de libérer Sergej de son uniforme. Sa manche s'était complètement imbibée de graisse bouillante. Tout à fait imperturbable, Alisha avait les yeux rivés sur son portable, elle ne pensait pas à replier ses jambes, n'importe qui ne faisant pas attention pouvait trébucher dessus, dans la panique grandissante. Valentino hurlait de rage – le téléphone toujours collé à l'oreille, le regard dirigé vers le bain de sang autour de Sergej –, il a voulu faire plaisir à sa femme aux goûts de luxe et c'est alors qu'il a commis la plus grosse erreur de sa vie, celle qui a eu les conséquences les plus terribles.

Si à cet instant Valentino n'avait pas chargé le Chien, mais quelqu'un d'autre, de cuisiner un plat pour Alisha, on aurait peut-être encore pu maintenir le cours des choses. Mais tout ce qui importait à Valentino, c'était que les commandes suivantes soient envoyées à temps, que les inspecteurs du travail ne débarquent pas le lendemain et que sa chérie soit à nouveau de meilleure humeur.

Les chroniqueurs qui essayeront un jour de reconstituer les événements ayant eu lieu à l'El Cion raconteront que c'est à cet instant précis que les avions ont fait cap vers les tours. Jusque-là on aurait encore pu changer de direction. Désormais c'était trop tard, le destin était scellé, comme un piège qui se serait refermé. J'ai cru déceler un tressaillement sur le visage du Chien, on aurait dit qu'il savait que son moment était venu.

« Eh, toi », Valentino l'a interpellé en claquant des doigts. « Mâche, citrons, huile d'argan, sel de mer et cerneaux de noix. On y va, on y va ! »

En claquant des doigts, il a appuyé sur le bouton qui allait déclencher sa propre perte, et il n'aurait pas dû commettre ce geste, prononcer cet ordre tragique, car même si les démons des portes de l'Enfer dansaient dans la cuisine, même si son Alisha était incapable de s'armer d'une seconde de patience et s'entêtait à vouloir se venger, il aurait dû missionner un autre cuistot que le Chien pour mitonner une petite salade à sa future femme. Peut-être était-ce son fournisseur au téléphone qui le tenait par les couilles, peut-être était-ce le testeur installé à la douze qui lui faisait perdre tout bon sens, mais peut-être aussi n'était-ce qu'un banal moment d'inattention ridicule, comme ça pouvait arriver à n'importe quel adjudant qui, sans réfléchir, sortait sa tête de la tranchée.

« Ce sera prêt dans deux minutes, chérie », a dit Valentino dans un gargouillis, avant de hurler à nouveau dans le téléphone : « Oui ! Qu'est-ce qu'il y a encore ? Je suis occupé », et puis il a crié aux cuisiniers de ne pas prendre d'eau pour soulager le bras de Sergej, il y avait des germes dedans !

Alisha engueulait Valentino en lui disant d'arrêter de l'appeler chérie, elle avait essayé de le joindre un millier de fois aujourd'hui et maintenant il laissait ce pouilleux de commis sorti de la rue lui préparer une salade, est-ce qu'il n'était pas un peu fêlé ?

Valentino a sorti son portable de sa poche intérieure et a consulté l'écran, ça lui faisait gagner un peu de temps, il allait tout de suite s'en sortir avec une réponse charmante. En effet, il voyait sur son portable un millier d'appels en absence d'Alisha. Il a respiré profondément et a glissé un sourire entre lui et Alisha, son médecin l'avait encore averti la semaine précédente de ne pas autant s'énerver, d'accorder moins de place au stress, et il devait méditer, et inspirer et expirer lentement, et laisser entrer dans sa vie la puissance divine de la sérénité. Quelqu'un essayait de soulever les jambes de Sergej, il avait perdu connaissance, c'est ce qu'il fallait faire quand quelqu'un était inconscient, maintenir les jambes en hauteur, un autre appuyait dessus pour les baisser, non, les jambes ne doivent pas être relevées, parce que le sang ne redescend pas seulement dans la tête mais aussi dans les bras, et ce n'est pas bon, vous les avez vus un peu, ils vont pas tarder à éclater sinon, et en arrière-plan Lily tapait avec un objet émoussé sur Kevin, l'armoire gonflée aux stéroïdes et bronzée en cabine UV, personne ne savait très bien pourquoi, et Kevin lui-même encore moins.

Valentino s'excusait, il était désolé, il disait : « Chérie, qu'est-ce que tu veux, tu vois bien tout ce qui se passe encore ici ce soir. »

Alisha lui a lancé au visage qu'elle avait appris par Lily qu'il allait préparer les ortolans cette nuit, et que Valentino avait invité Nido et pas elle, et pourquoi il lui avait rien dit de tout ça ? Valentino a répondu qu'il était désolé, mais que la dernière fois elle n'avait pas voulu venir non plus, et qu'elle n'avait pas à s'en faire pour Nido, que de toute façon il ne viendrait pas, et qu'il ne savait pas lui-même pourquoi on avait invité Nido en fait.

Pendant ce temps, j'étais allé chercher une mallette de premiers soins dans l'armoire et j'essayais de sortir les bandes stérilisées de leur emballage avec mes doigts fébriles. Sergej était revenu à lui, il bêlait comme un veau après un accident, mais je ne me suis pas agenouillé par terre à côté de lui, je suis resté debout pour que Valentino puisse me voir de l'autre bout de la cuisine, et constater qu'on pouvait compter sur moi quand les choses se gâtaient. Valentino avait le nez qui le démangeait horriblement, l'effet de la dernière ligne n'était plus qu'un vague souvenir, cela faisait déjà un moment que les pistons allaient et venaient sur du métal à nu, ça sonnait creux et sec quand on donnait un coup contre le réservoir vide.

Le Chien était revenu, il portait sous le bras les ingrédients qu'il avait récupérés dans la chambre froide et sur les autres postes pour Valentino. Tandis que Valentino s'inclinait et se contorsionnait devant Alisha comme un orvet sur du bitume brûlant, le Chien préparait la salade. Je ne distinguais pas très bien ce qu'il prévoyait de faire, mais j'ai vu que ses yeux étaient écarquillés, les génies s'étaient échappés de la lampe, ils tremblaient dans l'air en ricanant, comme le vent brûlant dans le désert, personne n'arriverait à les remettre dans leur lampe, et je ne pouvais rien faire d'autre que de voir le destin poursuivre sa route, avec la puissance d'un navire au tonnage brut de plusieurs millions, mettant le cap vers un avenir que je trouvais inquiétant. J'étais le seul responsable, c'est moi qui avais lâché le Chien sur la scène, je l'avais amené à proximité des micros, qui pouvait lui en tenir rigueur s'il s'en emparait à présent, et soufflait dessus, écoutait le craquement du larsen et passait sa langue sur ses lèvres avant de donner de la voix, amplifiée par des baffles gigantesques et audibles partout dans le monde.

Le bras de Sergej était fendillé comme une saucisse cuite à l'eau. Le sang coulait à flots. La peau avait pris une étrange teinte gris-bleu-rouge-violet, ses lèvres étaient pâles et il pleurait.

C'était la première fois que le Chien préparait à manger depuis sa création au snack, ses pupilles s'étaient rétractées en points de la taille d'une tête d'épingle, la cuisine, la brigade et les cris autour de lui s'étaient tus dans une insignifiance absolue.

Une fois le plat fini, le Chien avait face à lui une salade chaotique, comme jetée pêle-mêle dans l'assiette, Valentino s'en est saisi brutalement, a tiré sur quelques feuilles de salade et a tenté d'apporter rapidement un peu d'ordre dans l'assiette, en deux ou trois gestes hystériques. Il essayait de se convaincre de faire passer ce tas de compost pour une création de plantes sauvages romantique, puis il a posé l'assiette devant Alisha, et c'est là que le Boeing a percuté la première tour.

Said et moi dégagions Sergej de la ligne de mire, il s'agitait comme un forcené et le sol était glissant, le jus de cuisson s'était étalé partout, et lorsque j'ai jeté un coup d'œil à travers la pièce vers Alisha, elle avait fermé les yeux et laissé la fourchette tomber, sans résistance. De toute évidence, le goût de la création du Chien s'était déjà introduit dans son organisme, ses voies sanguines et ses vaisseaux capillaires, et déployait maintenant ses effets.

Pourquoi Alisha a savouré à l'époque le plat du Chien, le plat d'un simple jeune aide de cuisine, je ne l'ai jamais su. En jetant un œil par-dessus le crâne blême de Sergej, je l'ai vue se figer, pendant plusieurs secondes, puis fixer la salade, recommencer à mâcher avant de respirer profondément, et fermer de nouveau les yeux. Ses membres se détendaient, et même si on ne pouvait plus s'entendre parler soi-même dans ce vacarme, ces cris et ces hurlements, je l'ai entendue malgré tout à travers toute la pièce, un grognement de volupté absolument dégueulasse et d'un volume inconvenant s'était échappé de ses lèvres closes.

Une lucarne s'est ouverte au-dessus de sa tête, de la lumière s'en échappait, entraînant avec elle des odeurs, des bruits et des couleurs qui s'insinuaient en elle. Elle avait l'impression que c'était la première fois qu'elle sentait et goûtait quelque chose. Des histoires et des images du monde entier grimpaient sur sa langue et dégringolaient les unes sur les autres comme des enfants à naître, inoffensifs, impétueux et ne se souciant de rien. L'air était doux et léger. Alisha était libre, et même ses doutes les plus tenaces sur elle-même glissaient de ses épaules, s'accumulaient dans l'évier à ses pieds et disparaissaient. Des êtres étaient assis à sa gauche et à sa droite, leur peau faisait penser à des écailles, Alisha cherchait par-dessus la table, d'un regard nostalgique, quelqu'un en uniforme de cuisinier qui se cachait dans un coin et assistait à ce spectacle étrange. L'assiette devant elle scintillait, humide, argentée comme l'intérieur d'un coquillage, chatoyante comme un arc-en-ciel invisible.

Elle a fini par revenir à elle, a poussé un long soupir en rouvrant les yeux, qu'elle a dirigés vers le Chien. Il a répondu à son regard avec la froideur d'un requin. Alisha ne bougeait pas d'un millimètre. Elle était assise face à lui, nue et sans défense, elle essayait de pomper de l'air dans ses poumons, lentement et en rythme, et elle s'est demandé comment il avait pu lui faire ça. Ses joues étaient en feu, de la sueur collait sur sa lèvre supérieure. Son attitude faisait penser à quelqu'un qui aurait été pétrifié en plein mouvement, comme un cliché, un instantané dans lequel elle serait restée coincée, incapable de savoir ce qui devait ensuite se passer.

Le seul qui, dans ce chaos, avait gardé un œil sur le flétan en train de cuire pour le testeur à la douze était le Chien. Le poisson grésillait sur sa plaque, seul et abandonné, et risquait de brûler d'une seconde à l'autre. Indolent, gras et immobile comme un crocodile, il n'attendait plus que ce moment. Le Chien a retourné le filet, ses mouvements étaient pleins d'assurance et sans hâte, il n'attirait pas l'attention sur lui, ne faisait pas de bruit et avait le geste précis, comme s'il savait que plus personne ne pourrait l'arrêter à présent. Les autres cuistots ne l'avaient même pas encore remarqué, et lorsque Valentino s'est aperçu de ce qu'il faisait, il était déjà trop tard. C'est Romanov qui devait s'occuper du poisson, a-t-il rugi dans la cuisine, le Chien devait virer ses putain de sales pattes de là. Mais Romanov avait toujours le portable à l'oreille et téléphonait au médecin urgentiste, la réception était mauvaise ici, en cuisine. Alisha ne quittait pas le Chien des yeux, sa bouche restait ouverte, la vinaigrette coulait de ses lèvres et laissait des taches affreuses sur son T-shirt. On aurait dit qu'on avait fendu le crâne de Sonic le hérisson, et qu'une soupe grasse s'échappait de sa tête.

Le Chien a mis la plaque sur feu vif. Le silence s'était fait autour de lui, pas un mot, pas un cri, pas un mugissement n'atteignait ses oreilles. Il était devant sa cuisinière et semblait n'avoir rien fait d'autre de toute sa vie. Il versait les épices dans la poêle à la manière d'un chimiste en train de confectionner une bombe.

Alisha a renversé sa tête en arrière jusqu'à la faire craquer, puis elle s'est remis du rouge sur ses lèvres grasses. Un rouge néon, son brillant à lèvres était éclatant sur sa bouche barbouillée d'huile et de vinaigre comme une sirène de pompier, comme des travaux sur une autoroute sous la pluie. Alisha s'est levée, elle avait l'impression de se réveiller d'un sommeil de mille ans. Elle a jeté son sac en bandoulière sur l'épaule sans dire un mot. Sonic s'étirait, se tendait à nouveau, et portait une sale blessure à la tête qu'il relevait fièrement.

Valentino essayait de se frayer un chemin à travers le chaos ambiant afin d'éloigner de force le Chien du flétan.

« Tino ? », lui a murmuré Alisha.

Elle était sur le point de lui faire un aveu cruel, dévastateur. Elle l'a regardé, calme, impassible, mais elle n'a pas achevé sa phrase. Pas cette nuit, et pas les prochains jours non plus, et pas plus tard non plus, quand il serait déjà trop tard, que chacun courrait et essayerait de se mettre à l'abri, et pas non plus maintenant, alors que des tonnes d'eau s'engouffraient par une brèche dans la coque du navire et que cette eau nous arrivait jusqu'aux genoux.

« Chérie, on aura fini vers minuit ici », a dit Valentino.

D'ici là, elle serait déjà partie, lui a répondu Alisha dans un souffle, avec un doux sourire. Elle lui avait pourtant déjà dit qu'elle allait chez Pierre ce soir, il était possible que ça finisse tard, la batterie de son portable était presque vide, a-t-elle laissé perler sur ses lèvres, elle abandonnait le reste à l'imagination de Valentino, et lorsqu'il s'est retourné vers le champ de bataille qu'était devenue sa cuisine, elle a jeté par-dessus son épaule un dernier regard timide vers le Chien. Je l'avais vu, ce regard, et Lily l'avait vu aussi, et puis Alisha s'est évaporée sous nos yeux.

Entre-temps, le flétan était à point, le Chien a retiré le poisson du gril pour le mettre sur une assiette, l'a assaisonné, a ajouté la garniture, et l'a posé sur le passe, il s'est essuyé les mains sur son tablier et a examiné son œuvre. Les serveuses étaient décontenancées par le massacre qui s'étalait sur l'assiette, mais ce qui était posé sur le passe était envoyé sans un mot, ce qui était sur le passe avait été vérifié, il n'y avait que deux instances en mesure de refuser qu'un plat arrive ici : Valentino et Lily. Personne d'autre. Tout ce qui se trouvait entre le chef de cuisine et le client, tout ce qui séparait ces deux pôles n'était que des entremetteurs, des messagers, des transmetteurs qui n'avaient qu'une seule tâche : apporter la nourriture aussi vite que possible avant qu'elle perde un seul degré. Ce n'était pas à eux d'évaluer la qualité d'un plat sur le passe.

Valentino luttait pour avancer dans l'allée centrale. Le sol était encore graisseux, glissant et dangereux comme du verglas. Il essayait d'intercepter le plat à temps avant qu'il dérape en salle et qu'il puisse y exploser comme une bombe à fragmentation, mais Conny l'avait déjà pris sur son bras, elle était en chemin vers la table douze et a disparu du champ de vision de Valentino.

« Est-ce que je t'ai permis de quitter ton poste ? » Valentino sifflait entre ses dents. Ses yeux étaient injectés de sang. « Est-ce que je te l'ai permis ? »

Il a laissé s'écouler une seconde afin que le Chien puisse demander pardon ou montrer un geste de totale soumission, mais le Chien est retourné à son poste comme si rien ne s'était passé.

Valentino a crié, le souffle court : « Tu m'entends, petit con ? Est-ce que je t'ai dit de toucher au flétan ? Avec tes sales pattes ? Est-ce que je l'ai dit ?

— Chef, ai-je tenté de lui expliquer, le Chien voulait juste… »

Et pan, je m'en suis encore pris une. Valentino a jeté une assiette vers le Chien, elle l'a manqué, a éclaté comme une bulle de savon sur l'inox et a renversé la casserole de bouillon sur le feu. Valentino bouillait comme du lait trop chaud qui déborde.

Il allait le tuer, il allait le tuer, le Chien était un crétin, hurlait-il et il a encore balancé vers lui trois couteaux, une fourchette et une louche, ensuite seulement il est retourné au passe, écumant de rage, pour garder sous contrôle la vague de commandes qui déferlait en cuisine.

Conny est arrivée dans la cuisine en courant et a appelé Valentino : « La table douze veut vous parler, chef. »

Une décharge électrique s'est abattue sur la tête de Valentino, a descendu le long de sa colonne vertébrale et a filé jusque dans la plante de ses pieds.

« Le testeur ?

— Oui. Le testeur. »

Valentino a bafouillé des bribes de mots incompréhensibles, il essayait de se calmer, il a fermé les yeux et a respiré profondément. Il s'est appuyé fermement contre le passe, a baissé la tête, défroissé son tablier, puis il est entré dans la salle du restaurant, la tête haute, tandis que de nouvelles commandes se déversaient sur le passe comme de l'eau à travers un trou qu'il était devenu impossible de boucher.

« Un ragoût. Deux mousses. Le chevreuil revient. Sans oranges, encore une fois », a aboyé Lily.

Elle avait les deux pieds sur l'accélérateur, l'eau qui s'infiltrait devait être écopée de la galère, il fallait ramer, le plus vite possible, sinon tout serait perdu. Des secouristes orange fluo sont venus chercher Sergej.

Le Chien n'y pouvait rien si Alisha était une sale gosse mal élevée et une diva à la con. On ne pouvait pas non plus le tenir responsable du fait que Sergej se soit cru à un Ice Bucket Challenge et se soit renversé de la graisse de cuisson brûlante sur le corps, pas plus du fait qu'un testeur se soit glissé parmi les clients et cherche à nous jeter des bâtons dans les roues, ça fait partie du jeu, ça non plus, on ne pouvait pas le reprocher au Chien. Mais les hormones acides du stress de Valentino, la surpression fumante dans ses veines, la douleur suraiguë dans le taureau furieux devait s'échapper d'une manière ou d'une autre. Et c'est à cet instant précis que le Chien avait agité un drapeau rouge en lui criant salut, il s'était collé une cible directement sur le front et avait couru torse nu devant le fusil. Valentino avait juste à régler cette histoire à la table douze, ensuite il retournerait dans sa cuisine, son arène, où d'innombrables armes étaient alignées sur les murs. Là où il n'y avait aucun témoin, seulement des sympathisants qui auraient verrouillé la sortie de secours, là où l'on était reconnaissant que les cris ne viennent pas de sa propre bouche mais de celle d'un autre.

J'ai entraîné le Chien à l'écart, il vivait dans son monde, mais c'était mon petit frère et j'étais responsable de lui.

« Cassons-nous avant que Valentino revienne », lui ai-je murmuré, tout en dénouant mon tablier.

À partir de maintenant, tout devait aller vite. Selon les circonstances, l'affaire de la douze pouvait être réglée rapidement, et Valentino pouvait revenir en cuisine à tout moment. Mais le Chien ne réagissait pas, il fixait la salle, derrière le passe, l'air absent.

« Un tartare de thon. Deux salades de cynorhodons… un flétan sans citron », entendait-on résonner dans la cuisine.

Lily l'inflexible savait ce que nous avions en tête, et elle ne trouvait rien à y redire si nous décampions sur-le-champ, elle ne s'était attachée ni à moi ni au Chien. Si on était sortis d'ici discrètement, la tête rentrée dans les épaules, elle nous aurait même retenu la porte du pied, elle n'avait pas une folle envie d'un nouveau bain de sang dans son salon. Même Said nous a soufflé en passant que ce serait le moment pour nous de nous barrer, mais rien ni personne ne semblait atteindre le Chien, j'ai essayé de le tirer par la manche vers la porte, mais il restait planté là, têtu comme une mule, le garçon ne voulait rien savoir.

J'ai renoué mon tablier, je me suis penché sur mon travail et je l'ai abandonné à son sort, certains ne sont pas faits pour vivre, certains ne peuvent pas être sauvés. Quand, la nuit, on leur ôte des mains le flingue pointé sur leur tête, ils se font renverser par une voiture le lendemain matin, après s'être brossé les dents, ou se retrouvent deux semaines plus tard dans une bagarre qui leur sera fatale. Certains demandent purement et simplement à être exécutés. C'est du moins ce que je pensais à propos du Chien à ce moment-là.

8

Seul un mur fin de quelques centimètres séparait le monde de la cuisine de l'univers des clients en train de manger au restaurant. Seul un petit trou, le passe, reliait les deux mondes et empêchait le bruit, les cris, la puanteur, la guerre et les balles de s'échapper dans la salle, où vivait une autre race, où personne ne jurait et personne ne se battait en donnant des coups furieux.

Jessie, la réceptionniste, était en train d'essayer de calmer un jeune couple en attendant que leur table réservée se libère. Sur le mur à côté de la caisse, on avait accroché des autographes et des photos qui montraient Valentino avec des personnalités internationales du monde du divertissement et de la politique. La salle était complète jusqu'à la dernière place. Lorsque Valentino a traversé le seuil entre ces deux mondes et, une fois le passe franchi, s'est dirigé vers le testeur à la table douze, il s'est efforcé de ne pas laisser paraître qu'il sortait tout droit de l'enfer. Il était très rare que Valentino sorte de sa tanière ou ose s'aventurer à découvert, peu de personnes l'ont aperçu un jour en dehors de sa cuisine.

Lorsqu'il est apparu dans la salle avec son uniforme blanc de chef, un murmure s'est répandu à travers la pièce, on tournait la tête, on chuchotait, on était stupéfait, les iPhones et les Androids cliquetaient, les hashtags et les selfies avec Valentino en arrière-plan voletaient sur les ondes.

Le testeur à la douze semblait hagard et déconcerté, et il s'est contracté en voyant Valentino venir vers lui. Qu'est-ce qu'on pouvait faire pour lui, est-ce que le flétan ne répondait pas à ses attentes ? demandait Valentino, on voyait qu'il était fermement résolu à ne plus perdre son calme à nouveau dans son propre restaurant.

La question n'était qu'une vaste blague. Le filet de poisson ressemblait à une gifle, une trace s'étendait jusqu'au bord de l'assiette, le Chien ne l'avait pas déposé mais l'avait simplement fait glisser de la poêle à l'assiette. Il restait étendu, inerte, devant le testeur, une bouchée seulement avait été tranchée, le filet ressemblait aux intestins d'un tatou passé sous les roues d'un semi-remorque, non, ça ne répondait pas à ses attentes. Mais la composition n'était pas la seule à être un coup de pied dans les couilles, le goût aussi confrontait le testeur à un monde qui lui était inconnu. Il était perplexe.

Il retenait son souffle, il avait fait appeler le chef, c'est vrai, mais il n'avait pas prévu que Valentino quitterait effectivement son royaume de l'autre côté du passe, c'est à cet instant seulement qu'il s'est rendu compte de l'ampleur de la situation, les rumeurs de clients frappés jusqu'au sang le tiraient par la manche, il s'est redressé vaillamment sur sa chaise.

Est-ce que Valentino avait préparé lui-même le poisson ?, a-t-il dit pour tenter d'entamer la conversation.

Pouvait-on savoir pourquoi ?, a répondu Valentino. Contrairement à ses habitudes sa réaction était impassible, presque aimable venant de lui.

Le testeur a pris son courage à deux mains et s'est risqué à aller plus loin dans la confrontation, il ne savait pas comment dire ça, ce goût était une sorte de, puis il s'est arrêté au beau milieu de sa phrase et a bougé la bouche comme s'il cherchait une note particulière sur sa langue, tout en fixant l'assiette devant lui. On aurait dit qu'il se trouvait face à une œuvre d'art controversée et qu'il ne savait pas s'il avait affaire à un chef-d'œuvre ou à une provocation. Il tournait sa fourchette dans son assiette en cherchant ses mots et s'est mis à rougir. C'était le moment le plus angoissant de sa vie, et il s'étonnait lui-même d'oser s'avancer si près du gouffre. S'il survivait à ça, qu'allait-il bien pouvoir raconter ce soir à Lotte, sa femme, se demandait-il, tandis que sa langue fouillait dans tous les recoins de sa bouche. Peu importe comment ce numéro allait se finir, personne ne pourrait lui reprocher d'être un lâche. Personne, pas même Lotte.

Entre-temps, le testeur et Valentino n'étaient plus seuls, l'entière attention de tous les clients du restaurant pesait sur leurs épaules, même le dernier client dans la salle avait arrêté de mâcher pour ne rien perdre de la conversation à la table douze.

Pouvait-il se permettre ? a demandé Valentino, et avant même d'obtenir une réponse, il a saisi la fourchette et s'est coupé un bout de flétan. Humecté d'un soupçon de sauce, il a mis le morceau dans sa bouche, a mâché, s'est interrompu, il s'est figé et on aurait presque pu croire qu'il retenait sa respiration.

Dehors, devant le restaurant, la nuit était tombée. Clémente, bienveillante et paisible. La lumière chaude des réverbères baignait la bordure du trottoir et chassait le quotidien sur le bitume.

Une lumière scintillante a percé à travers des fentes de bois au-dessus de la conscience de Valentino et est tombée sur son crâne à moitié nu et ses larges épaules. Puis il s'est rendu compte qu'il était assis à une table, une longue table à manger, des clients à têtes de lézards ou de serpents autour de lui, Alisha à ses côtés, une faible lumière vacillait au milieu, et puis il m'a vu caché dans un coin, il m'a vu, habillé tout en blanc, une veste blanche, un col blanc et des boutons blancs, en train de scruter la scène.

Valentino a avalé sa bouchée et n'a plus dit un mot. Ce qu'il voyait, c'était la fin de son ère, et ce qu'il entendait, c'était les coups donnés par son avenir qui lui martelait le front de l'intérieur.

Depuis des années Valentino faisait le même rêve. Nuit après nuit, encore et encore.

Comme n'importe quel autre chef, Valentino savait qu'on ne devait jamais jeter les grenouilles dans l'eau bouillante, car elles s'en échapperaient aussitôt d'un bond, mais qu'il fallait les cuire vivantes en faisant chauffer l'eau petit à petit.

Il rêvait sans cesse qu'il était en train de nager dans de l'eau chaude, c'était agréable et lui procurait un sentiment de bien-être, mais cela devenait de plus en plus excitant et torride, jusqu'à créer un état extatique paralysant, il sentait que tout autour de lui commençait à bouillonner, et voyait des bulles de vapeur se former à la surface chatoyante, il se voyait lui-même assis au milieu de la casserole, les yeux globuleux, puis il remarquait qu'il était trop tard pour pouvoir encore sauter hors de l'eau, la cuisson avait déjà rendu ses jambes et ses nerfs mous, flagadas et tendres, et ensuite il voyait les visages démoniaques penchés au-dessus de la casserole, et il criait, criait, criait et il se réveillait.

Valentino savait depuis longtemps que son temps était fini, que le navire était déjà en train de couler, qu'une nouvelle génération avait grandi, prête à se lancer sur le champ de bataille. Dans le sud-ouest, des hordes s'étaient attroupées, au nord et à l'est on pouvait entendre les cris de guerre des jeunes qui s'étaient rassemblés pour prendre possession du trône de Valentino, ils s'adonneraient à un culte qui lui faisait peur. Le temps des cuisiniers comme lui,

Valentino, était fini, ne le sentait-il pas lui-même, ne se rendait-il pas compte qu'il était devenu aussi poussiéreux et dépassé que la vieille garde contre laquelle il s'était rebellé à l'époque ?, lui chuchotaient à l'oreille des milliers de voix ténues. Cela faisait bien longtemps qu'il n'était plus l'anarchiste de la cuisine. Seule une fine croûte de poudre et de maquillage couvrait la masse grasse et inerte de son talent moribond. Il devait abdiquer avant que la guillotine tombe, il était encore temps, il pouvait encore fuir avec Alisha et son argent, l'El Cion lui rapporterait un joli petit pactole, assez pour pouvoir s'acheter une petite maison au bord de la mer. Alisha l'aimerait pour avoir fait ça, elle lui resterait fidèle jusqu'à la mort, ils se promèneraient au soleil comme deux jeunes enfants, sur la plage, où les pêcheurs appareillaient tôt le matin avec leurs bateaux, là-bas il cuisinerait de temps en temps pour ses amis, dans une petite bicoque, ils viendraient du monde entier, et quand l'agitation deviendrait trop pesante pour lui et Alisha, ils iraient s'installer ailleurs, toujours plus au sud, personne ne saurait où. Un matin ils auraient disparu, des rumeurs courraient selon lesquelles ils auraient emménagé sur une île lointaine, sans que personne ne sache vraiment où, les gens diraient que Valentino était vieux, qu'il avait enfin trouvé la paix, qu'il avait sauté le pas la tête haute. La légende Valentino serait devenue un mythe.

Lorsque le goût a atteint son zénith sur la langue de Valentino, et a fini par le dépasser, il a eu l'impression qu'une lucarne s'ouvrait au-dessus de sa tête, quelqu'un avait tiré sur le côté le couvercle de la casserole, et d'un seul bond élégant et puissant il avait retrouvé la liberté, ses cuisses puissantes l'avaient catapulté hors de l'eau bouillante, il a sauté à la dernière seconde dans la lumière vive, la bande qui l'avait capturé et retenu captif était tombée en avant tout autour de la table, ivres morts et intoxiqués par des drogues bon marché, et Valentino était libre.

Il s'est écoulé une éternité, le testeur n'osait pas respirer, les clients les fixaient tous les deux. C'était un moment dont on pourrait encore parler pendant de nombreuses années dans les fêtes d'entreprises ou lors de voyages d'affaires, ce moment où l'on avait vu de ses propres yeux, à l'El Cion, à quelques tables seulement, comment Valentino avait été provoqué par un testeur, à l'époque où Valentino cuisinait encore à l'El Cion, oui, on avait été là à ce moment-là, on s'en souvenait comme si c'était hier.

Les clients installés juste à côté de la table douze n'étaient pas très à l'aise. Si la situation devait dégénérer, ils recevraient les premières éclaboussures. Se lever et partir n'était pas non plus une option. On attendait et on essayait de ravaler sa nervosité dans sa gorge sèche. Les conversations dans la salle s'étaient toutes tues, sans exception, même le tintement des couverts sur les assiettes s'était arrêté, les dernières fourchettes étaient reposées si délicatement qu'il régnait un silence absolu. On entendait dehors la pluie d'été tomber, elle tapotait contre les vitres, délicate et discrète. Valentino a exploré de sa langue l'intérieur de sa bouche, il a essayé de rassembler son ancienne grandeur et son aura bien connues, il a posé la fourchette loin de lui puis il a pris la parole, il a dit qu'il savait que cela représentait parfois beaucoup, ce qu'ils demandaient aux clients ici, à l'El Cion, mais des grillades, de la cuisine méditerranéenne, moléculaire ou asiatique, tout cela on pouvait en trouver à chaque coin de rue, là où les touristes se faisaient avoir, mais ça, en revanche, il s'est interrompu, a récupéré la fourchette sur la table et a détaché un autre morceau du filet, une pointe de voracité se dégageait de chacun de ses gestes. Ça, c'était quelque chose qu'on ne pouvait pas enfermer dans une simple catégorie. Il n'avait pas quitté le poisson des yeux pendant tout ce temps, mais maintenant il plantait son regard directement dans celui du testeur.

Valentino avait conscience qu'un tel plat ne permettait pas de toucher le plus grand nombre, mais ce n'était pas non plus le but. Si quelqu'un, et il désignait l'assiette d'un signe de tête, si quelqu'un avait un problème avec ça, alors il en était désolé mais ce filet, ici, et il a marqué à nouveau une longue pause, ce filet était grandiose, c'était le meilleur mets, le plus osé qui ait jamais été servi à l'El Cion.

Le testeur hochait la tête, bouleversé. Il avait compris, était impressionné et regardait Valentino en souriant. Il comprenait, bredouillait-il avec soulagement. L'ordre était rétabli, les choses revenaient à leur place, Valentino était le roi, sa cuisine une révélation, le testeur avait réalisé qu'il faisait partie des élus qui étaient en mesure d'apprécier l'art de Valentino à sa juste valeur. Il était heureux et reconnaissant de ne pas être tombé dans le piège qui l'aurait dévoilé comme un homme au goût médiocre. Il se sentait honoré et avait honte d'avoir eu des doutes sur l'art culinaire de Valentino.

Certains cuisiniers fumaient, d'autres chevauchaient déjà leurs vélos, leurs scooters ou leurs motos, ou encore étaient assis dans leur voiture en route pour rentrer chez eux. La soirée était passée comme un orage. On y avait survécu comme on avait survécu tous les autres jours auparavant. Les os faisaient mal, les yeux étaient irrités, un souffle résonnait dans la cage thoracique comme si un sèche-cheveux brûlant était en train de tourner à plein régime. Seule une poignée de clients étaient encore assis devant leur dernier verre de vin. Le Chien et moi ne nous parlions pas. J'ai remballé mon set de couteaux, je n'étais pas en colère, je n'étais pas fatigué ni triste. Valentino pouvait surgir de son bureau à tout moment, il ne s'était plus montré en cuisine durant tout le reste de la soirée mais avait fermé la porte derrière lui une fois revenu de la table douze, celle du testeur. Lily l'inflexible l'avait remplacé sans faire de commentaire.

Personne ne savait vraiment ce qui allait se passer ensuite, mais il était sûr que Valentino n'allait pas rester dans son bureau pour toujours, qu'il finirait par sortir et qu'il ferait un exemple. Maintenant, je n'en avais rien à faire de ce qui pourrait se passer pour le Chien, j'avais proposé de me tirer de là avec lui, personne ne nous en aurait empêchés.

En sortant, je me suis retourné encore une fois vers la cuisine pour jeter un dernier regard sur notre arène. Plus jamais on n'approcherait l'Olympe de si près. On n'avait tenu qu'une semaine, mais qui était passée comme une simple nuit. Je les avais tous portés dans mon cœur. Said l'oiseau efflanqué. Lily l'inflexible. Romanov, Conny, Kevin, Sergej le psychopathe, et tous les autres cinglés aux postes de secours et même les aides de cuisine, la chair à canon anonyme.

On pourrait demander au Fontana s'ils n'auraient pas besoin de quelqu'un, ai-je proposé, je n'attendais pas de réaction de la part du Chien, je me posais plutôt la question à moi-même. Dans la cour à l'arrière de la cuisine, j'ai adressé un hochement de tête aux collègues de la brigade en guise d'adieu. Je me suis allumé une autre cigarette et j'ai soufflé la fumée dans la nuit noire et fraîche au-dessus de nous. Mai touchait bientôt à sa fin, et les dernières nuits froides frappaient aux portes. Avant même que je puisse écraser mon mégot par terre, Valentino est apparu à la sortie de service.

Personne n'éprouvait de compassion pour nous, il aurait été plus que temps de se barrer, c'était notre faute, comment pouvait-on être aussi bête, les serveuses s'éclipsaient sur la pointe des pieds, c'était les moins habituées à la violence brute, et leur contrat ne les obligeait pas à regarder un jeune cuisinier mordre le béton sur les marches de la porte de service tandis qu'un membre de la brigade lui donnait des coups de pied contre l'arrière de la tête. Les premières caméras sur les portables se sont allumées. Les cuistots ont laissé passer Valentino, le Chien ne comprenait pas que sa fin était imminente, il ne comprenait rien du tout, je commençais vraiment à m'énerver. Au lieu de ça, il regardait par terre et bougeait ses lèvres comme s'il était en train de compter quelque chose.

Valentino a rejoint le Chien, puis il lui a demandé s'il avait ajouté du safran. Une poignée de pigeons a pris son envol du toit de l'El Cion et s'est enfoncée dans la nuit.

Est-ce que c'était du safran, est-ce qu'il avait fait revenir du safran, c'était pourtant lui qui l'avait fait, il avait fait revenir du safran ou pas ? Il n'y avait pas de haine ni de colère dans la voix de Valentino, plutôt quelque chose qui ressemblait à de la simple curiosité.

C'était bien ça, du safran, ce truc jaune ?

Le Chien a fini par hocher la tête. Il ne semblait pas savoir ce qu'était le safran, mais la poudre qu'il avait fait roussir dans le beurre chaud était jaune, il hochait la tête, oui, c'était jaune. Valentino avait une impression étrange. Il le dévisageait, il ressentait du respect pour lui mais ne savait pas non plus ce qu'il devait penser de tout ça.

Je me suis excusé : je suis désolé, le petit ne connaît pas encore le nom des ingrédients, je suis encore en train de les lui apprendre.

Valentino m'a dit d'une voix rauque de fermer ma putain de gueule, et puis il a frotté ses yeux fatigués. Le petit devait avoir le poste au piano le temps que Sergej se remette. Lily a bondi et s'est réveillée d'un coup. Est-ce que Valentino était bien sûr de lui, elle a demandé, est-ce qu'il fallait vraiment se décider aussi vite, elle pouvait peut-être d'abord passer quelques coups de fil et vérifier si on ne pouvait pas obtenir quelqu'un de plus qualifié que le Chien pour le poste de rôtisseur ?, mais Valentino n'écoutait déjà plus, pour lui l'affaire était réglée, il a demandé si quelqu'un savait comment Sergej allait. Lily a dit qu'elle avait rappelé l'hôpital un peu avant, ils l'avaient laissé sortir mais il ne répondait pas à son téléphone.

Valentino a demandé au Chien quel était son nom, si c'était vrai qu'on l'appelait le Chien. Le Chien a hoché la tête, son regard était vide mais, sous l'éclairage trouble de la rue, j'avais l'impression qu'une moquerie provocatrice étouffée couvait derrière les orbites ternes de ses yeux.

Je me suis éclairci la gorge. Qu'est-ce que je faisais, moi, j'ai demandé à Valentino, et est-ce que je pouvais seconder le Chien à son poste, après tout je lui avais tout appris. Lily s'est tournée vers moi, et tous les autres cuistots m'ont regardé aussi, c'était la première fois que je m'adressais directement à Valentino.

Il m'a dévisagé, moi et ensuite le Chien, il nous a inspectés tous les deux, de haut en bas, j'ai essayé de tendre comme il faut ma colonne vertébrale, j'avais une main dans une poche de pantalon, l'autre pendait le long de mon corps, décontractée. En réalité, je voulais mettre mes deux mains dans les poches mais il était trop tard, si je bougeais maintenant on aurait pu penser que je m'inquiétais de ma posture. Valentino m'a tourné le dos, et j'ai pu déceler un léger haussement d'épaules. On a pu entendre que pour sa part, il n'en avait rien à foutre. Ils allaient faire les oiseaux cette nuit, si on voulait, on pouvait rester et regarder. Ensuite Valentino a demandé à Lily à quelle heure ils devaient reprendre le travail.

À 23 heures, a répondu Lily, les premiers invités allaient arriver dans deux heures.

Merci, j'ai murmuré. Personne n'a remarqué à quel point j'étais soulagé et reconnaissant, Lily secouait la tête, elle n'arrivait pas à réaliser la chance que nous avions, nous, les deux idiots.

Les cuisiniers nous ont serré la main, Romanov, Said et deux autres de la brigade ont de nouveau disparu en cuisine, on les a suivis et la porte a été verrouillée derrière nous. Cette nuit, on allait servir les ortolans, seule une petite poignée de cuistots était à bord, les autres avaient terminé leur journée.

On préparait la mise en place pour la nuit. Personne ne disait un mot, chacun de nous savait que, dans quelques heures, on allait être témoins d'une chose interdite. Le Chien et moi, on se balançait d'un pied sur l'autre comme des ados maladroits en backstage, et on essayait de ne pas rester dans le passage. On est allés sortir les ortolans de leur cage, depuis, ils ne pouvaient effectivement presque plus marcher. Ils étaient couchés sur leur dos, gras et mous, et tressaillaient quand on les touchait. Valentino les a posés sur la planche à découper et a détaché leurs pattes fines avec un sécateur à homard, il ne restait plus que de minuscules moignons qui gigotaient dans tous les sens.

« Où est l'armagnac ? Est-ce qu'on prend le 89 ? a demandé Lily.

— Non, il y en a encore un, en haut à gauche, que les Serbes ont rapporté l'autre fois, la vieille Garonne. Commence par plumer les oiseaux, j'arrive, et attends encore pour l'armagnac, a répondu Valentino. Et fais attention de ne pas les faire crever. Ils doivent encore respirer quand on les noie dans l'armagnac. Ils doivent s'en gorger complètement, l'alcool doit pénétrer dans leurs poumons. »

Je n'arrivais pas à détourner le regard des oiseaux.

Valentino a accueilli les invités nocturnes. Des grands chefs, des collègues renommés, des investisseurs brillants et quelques critiques devenus amis sont entrés dans la cuisine. On se sentait honorés de faire partie de ce cercle très fermé, et en même temps les invités semblaient avoir conscience de leur faute collective, on évitait les contacts visuels inutiles.

Ils étaient presque prêts. On pouvait déjà s'asseoir. On attendait encore Pierre et ceux qui l'accompagnaient. Ils étaient en route et n'allaient pas tarder à arriver. Vous n'avez qu'à entrer, a dit Valentino, et il a conduit le petit groupe dans la salle du restaurant. Ils se sont assis l'un après l'autre. Les serveuses ont apporté le premier plat, du pâté en croûte de sanglier fourré à l'aspic, et ont servi du vin.

Entre-temps, les ortolans reposaient sur la table, nus et plumés, quelques-uns bougeaient encore. Lily a ouvert une bouteille d'armagnac monstrueusement chère et l'a vidée dans un saladier en verre. Valentino a pris le premier oiseau, délicatement pour qu'il respire encore longtemps, et a plongé le petit corps empâté dans l'armagnac, pris de panique, il agitait et battait ses ailes déplumées.

Valentino le retirait, encore et encore, afin que l'oiseau puisse récupérer, quelques secondes après il le replongeait dans le saladier jusqu'à ce que l'oiseau ne réagisse plus.

Romanov, Said et les deux commis regardaient sans dire un mot, les yeux vitreux. Le Chien et moi, on glaçait les assiettes avec une croûte de sucre qu'on saupoudrait ensuite de poudre de piment.

Il régnait un silence sinistre en cuisine, on s'échangeait uniquement les ordres et instructions strictement nécessaires, une épaisse couche de coton vaporeuse se répandait sur tout, même le pépiement des oiseaux était à peine perceptible, on entendait juste tout bas leurs cris, comme des charnières qui grinçaient.

Valentino a posé le premier ortolan dégoulinant d'armagnac, avec bec et abats, dans une poêle si brûlante qu'elle crachait de violentes étincelles lumineuses, rouge vif. L'alcool s'échappait et s'enflammait en sifflant avec agressivité et en hurlant comme une flûte bizarre, Valentino a ajouté un deuxième oiseau, et encore un troisième.

Le personnel de service a éteint toutes les lumières en salle.

On a apporté des serviettes à la société secrète.

On était derrière le passe et on reluquait dans la salle, Said à côté de moi, c'était la Ligue 1 de la haute gastronomie, il a dit, est-ce que je connaissais ce type, là, le maigre, c'était Rainer von Haven, deux étoiles, et les deux vieux là-bas, c'était des Franchouilles, Yves Chaland et Giraud, de la deuxième génération après Bocuse, ils étaient vénérés comme des pop stars en France, mais le fait que Nido ne vienne pas n'était pas une surprise.

Je n'avais jamais vu Nido de mes propres yeux, et je ne connaissais personne non plus qui l'ait rencontré personnellement.

Anatol Nido était un homme grave, avec des lunettes sombres un peu passées de mode, il n'existait que trois photos de lui sur Internet. L'une d'elles le représentait à côté de Bocuse vers la fin des années 1980, dans un bar à vins en Provence, une deuxième à un vernissage à New York. Sous les flashs crépitants, il regardait l'appareil photo comme une bête sauvage morte de peur en train de fixer les phares d'une voiture, la nuit, sur une route de campagne, la troisième image était une couverture sur l'édition spéciale anniversaire de *Worldchefs*.

Valentino poussait la desserte avec les ortolans qui grésillaient à feu doux et est passé devant nous en entrant dans la salle, les invités ont posé les serviettes sur leurs têtes, un vieux rituel, comme une messe lugubre du Ku Klux Klan, on voulait de cette manière éviter que Dieu ou nos voisins de table puissent nous voir en train d'enfouir dans notre bouche les divins oiseaux brûlants et croustillants, mais les serviettes sur les têtes ne valaient pas mieux que des feuilles de vigne entre les jambes, tout le monde savait ce qui se cachait en dessous, on pouvait entendre distinctement les craquements des minuscules os éclater sur les molaires des voisins de table, personne ne pouvait faire comme s'il ne savait pas ce qui se passait ici.

On avait fini tous les deux et on pouvait partir maintenant, nous a dit Lily. Elle a attrapé quelques gros billets dans la caisse du bureau et nous les a collés dans la main, au Chien et à moi, à contrecœur.

Voilà, il fallait s'acheter quelque chose de convenable à se mettre sur le dos, a commencé Lily, on avait l'air de deux clodos, on avait jeté nos fringues, personne ne devait voir quel genre de cas sociaux travaillaient ici dans la brigade, et il fallait se couper les cheveux et les ongles, et est-ce qu'elle s'était bien exprimée, l'argent, c'était pas pour de la coke et des putes, demain on avait congé, mais mardi Lily voulait nous voir ici à 10 heures, rasés de près et les cheveux courts, avec nos prépuces on pouvait bien faire comme ces saletés de musulmans, si ça nous chantait, mais les barbes devaient être coupées si on voulait travailler ici, à l'El Cion. Elle a dit qu'on avait une chance de cocus, et aussi qu'on avait intérêt à faire gaffe, elle nous avait dans le collimateur, tout particulièrement le Chien, il ne lui plaisait pas du tout, elle avait un mauvais pressentiment, et si ça n'avait tenu qu'à elle, on ne nous aurait jamais laissés intégrer la brigade, on nous aurait plutôt filé un coup de pied au cul la nuit même où on s'est pointés avec ces oiseaux, mais qu'est-ce qu'elle pouvait dire, si Valentino nous donnait une chance elle ne pouvait rien y faire, mais un seul faux pas et elle ferait frire nos couilles, et puis elle a encore demandé si on croyait en Dieu, comme ça, pour savoir, et si on croyait en quoi que ce soit de manière générale.

On a descendu le boulevard désert, le bus de nuit allait passer dans un quart d'heure. On portait encore nos uniformes de cuisiniers, aucun de nous ne disait un mot. On fixait la sombre nuit d'été, le regard vide, nous n'étions plus des aides ménagères, on était maintenant aux grands fourneaux. Le souvenir de l'Aist à Moscou, c'était en 1991, s'estompait dans mon esprit. Je n'arrivais pas encore à bien me rendre compte de notre chance, et tout en étant porté par ce sentiment grisant de folie des grandeurs, qui se mettait lentement en marche comme les turbines d'un Airbus, la peur s'insinuait dans ma tête que le Chien puisse détruire tout ce que nous avions obtenu à la sueur de notre front, avec sa manière à lui de tout saccager. Il nous avait rendus accros à son art de la cuisine, comme des rats de laboratoire, on faisait tout ce qu'il nous demandait en silence, tout ce qu'il voulait pour qu'il continue à satisfaire notre addiction. Il ne sortait jamais un mot de sa bouche, on cherchait désespérément à deviner ce qu'il pensait et ce qu'il attendait de nous. Je lui ai jeté un regard du coin de l'œil et je me suis douté de ce qu'il avait en tête.

Je lui ai demandé s'il était en train de penser au crapaud doré du zoo, mais le Chien n'a pas réagi. Je lui ai dit que chacun, dans sa vie, avait son moment à lui, la plupart des gens le laissaient passer sans même le remarquer, mais ça, c'était notre moment, notre saison allait commencer maintenant. Je lui ai dit que cuisiner dans un restaurant signifiait qu'on accomplirait jour après jour les mêmes tâches, qu'on aurait toujours à couper les mêmes dés de tomates au millimètre près, qu'on devrait toujours cuire le riz et les pâtes à la seconde exacte, qu'il faudrait voir le point de cuisson parfait venir comme un orgasme, et retirer les légumes du feu à la fraction de seconde près. C'était notre mission. Rien d'autre. Seulement ça. Comme tous les autres cuistots, on était juste là pour exécuter les ordres de Valentino et de Lily, si possible avant qu'ils aient besoin de les donner, est-ce qu'il comprenait, c'était comme pour l'évolution, est-ce que ce concept lui disait quelque chose, l'évolution, ç'avait un sens, un jour, je ne sais pas quand, nous aussi on dirigerait notre propre cuisine, peut-être, mais en attendant il s'agissait de la mettre en veilleuse, pas de fantaisie, pas de crapauds dorés.

On s'est arrêtés devant un magasin de prêt-à-porter pour hommes. Sans un mot, on examinait les vêtements exposés en vitrine, des costumes bleu-noir sur des mannequins gris sans tête. Quelqu'un nous a abordés d'un coup de klaxon agressif, c'était Alisha qui s'était arrêtée derrière nous dans une BMW Série 7 neuve, la deuxième voiture de Valentino. Elle s'est penchée par sa vitre ouverte et nous a lancé un grand sourire.

« Qu'est-ce qui vous arrive ? », voulait-elle savoir.

J'avais le souffle coupé, jusqu'à présent je n'avais encore jamais échangé un seul mot avec Alisha. Ni moi ni le Chien.

« Eh, comment ça va ? je lui ai répondu.

— Qu'est-ce que vous faites là ? Le magasin est fermé. Il est 1 h 30 du matin, a-t-elle dit en nous faisant un clin d'œil.

— Oui, oui. On regarde, juste. »

Alisha dévisageait le Chien d'un air à la fois méfiant et curieux. Depuis le repas qu'elle avait pris en cuisine, elle tournait autour de lui à pas feutrés, comme un chat, et s'imaginait que personne ne remarquait son manège. Elle a déniché son portable au fond de son sac Louis Vuitton et a composé un numéro.

« Tatjana ? Tu ne dors pas encore ? Tu pourrais descendre vite fait ?... Oh, allez. J'ai deux cas compliqués avec moi... Tatjana. S'il te plaît ! »

Cinq minutes plus tard, Tatjana était avec nous dans son magasin, c'était une jeune Ukrainienne aux cheveux ébouriffés, elle tenait la clé dans sa main, portait une veste par-dessus son jogging hors de prix et grelottait, apparemment elle était déjà au lit.

« C'est les types dont tu m'as parlé ? », a-t-elle demandé à Alisha en russe tandis qu'on essayait les costumes devant les miroirs, tout en faisant comme s'il était tout à fait normal qu'on nous ouvre un magasin de prêt-à-porter pour hommes à 2 heures du matin sur le plus grand boulevard de la ville.

« Oui, a dit Alisha.

— Les types de l'El Cion ?

— Oui, a dit Alisha.

— Lui, là ? a demandé Tatjana en examinant le Chien.

— Oui », a dit Alisha.

Elle a parcouru son corps du regard, puis elle s'est dirigée vers lui et a tripoté le col de sa veste, comme à un petit garçon dont le costume de confirmation est de travers. Au même instant le portable d'Alisha a sonné, c'était Valentino, Alisha a rejeté son appel de la même manière qu'on chasse une mouche agaçante, comme s'il ne s'était rien passé. Tatjana et moi avons fait semblant de ne pas avoir remarqué mais, sans même se regarder, je savais qu'on pensait la même chose.

« La salade t'a plu ? ai-je demandé à Alisha pour engager la conversation.

— Pas mal, a-t-elle répondu.

— Merci. Ça fait plaisir à entendre. C'était notre recette spéciale, ai-je dit.

— Tu es sérieux ? C'était quoi ? Comment vous avez fait cette vinaigrette ? », a-t-elle demandé.

La question est restée en suspens. Je me tortillais comme une anguille. Je ne savais absolument pas comment le Chien avait préparé la salade, et lui-même était incapable de donner une réponse sensée quand on lui posait ce genre de questions. Dans le meilleur des cas il haussait les épaules ou montrait du doigt, sans rien dire, les ingrédients face à lui.

« Hé, qu'est-ce que vous pensez de cette chemise ? », ai-je demandé aux filles. Comme aucune réaction ne venait, je me suis tourné vers le Chien. « Non ? Qu'est-ce que tu en penses ? »

Mais avant même qu'il puisse répondre quoi que ce soit, Alisha est revenue à la charge.

« Qui t'a appris à cuisiner comme ça ? a-t-elle demandé au Chien.

— C'est moi qui suis en train de lui apprendre, lui ai-je répondu, et sans quitter le Chien des yeux elle a demandé :

— Et de qui a-t-il appris à ne pas respecter les règles de Valentino ? »

9

En début de soirée, une pluie dense tombait sur le boulevard devant le restaurant. Les premiers orages de l'été s'abattaient à travers la campagne et s'enfonçaient au cœur de la ville, les gens couraient dans les rues, la tête rentrée dans les épaules et les cols relevés, les cuisiniers de l'El Cion se serraient sous l'auvent pour pouvoir fumer en restant au sec. Les portes du restaurant étaient fermées ce jour-là, c'était l'anniversaire d'Alisha et Valentino avait préparé un menu grandiose. La plupart des cuistots étaient habillés comme tous les jours ou s'étaient faits beaux, ils étaient très peu à porter l'uniforme de l'El Cion, aujourd'hui ils avaient pour ainsi dire tous congé. L'ensemble de la brigade s'était réunie, Alisha était assise dans la salle, à la table à côté du passe, là où Valentino se laissait tomber sur une chaise une fois le service terminé, quand les clients étaient partis, pour boire sa dernière vodka de la journée. Valentino et Alisha étaient installés là et tout le monde était rassemblé en cercle autour d'eux, Alisha était heureuse de ses cadeaux. Lily a débouché un champagne très cher de la cave et a exhibé à la ronde l'étiquette de la bouteille, comme la tête tranchée d'un infidèle.

Avant même le coucher du soleil, Valentino a monté le volume à faire décrocher les enceintes des murs, tout le monde dansait, braillait et riait, l'El Cion n'était plus un restaurant cette nuit, ce n'était plus une machine à broyer les os mais une seule et unique grande famille. Valentino était assis sur sa chaise et accompagnait la musique en tapant des mains comme un vieux débile en maison de retraite. Ç'a été la première et dernière fois, ce soir-là, que je l'ai vu heureux, on aurait dit que son frère avait pris sa place et faisait sauter les bouchons tandis que Valentino traînait seul dans les rues, ne retrouverait le chemin de la maison qu'aux premières heures du jour et rentrerait directement.

Vers minuit, Lily a voulu l'empêcher de gaspiller un Clos D'Ambonnay 1995 à trois mille cinq cents euros pour la brigade bourrée, tous les deux se sont disputés jusqu'au sang, mais Lily a fini par abandonner et s'est barrée, furax, en secouant la tête, tandis que Valentino décapitait la bouteille et faisait gicler le champagne dans les verres.

Je faisais le guet devant la chambre froide, le Chien s'était enfermé, il farfouillait au milieu des épices et des provisions comme un rat affamé, des images de chèvres dans les Ardennes lui sont apparues en goûtant un fromage, des rizières du Vietnam, de l'eau claire de sources montagneuses qui coulait devant des plantes typiques à cette altitude, un cochon gras un peu sonné avant que sa boîte crânienne cède sous le coup d'un pistolet d'abattage, j'ai pu entendre le Chien vomir sur le sol à travers la porte de la chambre froide.

Une violente dispute avait éclaté en cuisine entre Romanov et Said, Said s'était mis à lécher la nourriture, comme le Chien, et à porter sa veste de cuisinier par-dessus le pantalon, de la même façon que le Chien. On avait vu d'autres cuistots le faire aussi, ils étaient de plus en plus nombreux à imiter le Chien, difficile de dire si c'était consciemment ou pas, mais Romanov commençait à en avoir plein le dos, et en plus il était bourré, c'est pourquoi Said se faisait tabasser dans les règles, quelques commis essayaient de sauver ce qu'il y avait à sauver et mettaient les ingrédients à l'abri pendant que les deux s'envoyaient des coups au hasard. Qu'un commis comme Said se batte contre un garde-manger était inhabituel, mais ce soir-là ça ne nous choquait pas plus que ça. Je me sentais en sécurité comme jamais je ne l'avais été dans ma vie, ça, c'était ma famille. *El Cion for live. El Cion forever. For ever, ever, ever.*

Au début de la soirée, bien avant que les invités de Valentino et Alisha soient arrivés dans le restaurant, j'avais préparé un amuse-gueule. Grâce à Said, j'avais obtenu des fèves de cacao Criollo. Concassées et arrangées avec du sucre de coco, de la menthe et des feuilles de bouleau, j'avais produit une création de l'Aist, à l'époque, en 1991, qui allait pouvoir prouver que le Chien n'était pas le seul de nous deux à savoir quoi faire avec des ingrédients nobles.

Valentino était assis à côté d'un roux insignifiant, je l'avais remarqué l'autre fois, lors de la dégustation secrète d'ortolans, c'était un des investisseurs, un Roumain de Rio de Janeiro, qui avait fait fortune dans le pétrole dans les années 2000. Il était renversé en arrière sur sa chaise, silencieux, le bras déployé sur l'accoudoir. C'était quelqu'un dont toute l'assurance et l'estime de soi reposaient sur des montagnes d'argent. Valentino beuglait sur la musique et essayait d'entonner la deuxième voix d'une chanson pourrie d'Avicii tandis qu'Alisha tournait comme un derviche au milieu de la salle. Les serveuses et quelques cuisiniers gardaient une distance de sécurité avec elle, alors qu'elle braillait le texte de la chanson et tentaient, en vain, de danser en rythme.

Pour le moment, l'amuse-gueule était rangé sur l'étagère du fond de la chambre froide, j'étais allé le voir toutes les deux heures, le froid s'était insinué jusque dans les dernières fibres des éclats de fèves, il était prêt maintenant. J'ai joué le tout pour le tout et je suis allé chercher le plateau en argent avec les petits bols, je me suis frayé un chemin dans la cuisine au milieu des autres qui gueulaient, je suis arrivé en salle devant Valentino à côté du millionnaire roux et je me suis penché vers lui respectueusement.

S'il voulait bien goûter ça, je lui ai dit, c'est un essai que je viens de faire, pour célébrer cette journée particulière. Valentino a jeté un regard embrumé sur mon œuvre d'art et a essayé de comprendre l'image qui s'offrait à lui, ses pensées semblaient d'abord devoir s'adapter à cette nouvelle situation, comme des aimants complètement détraqués, à l'instant encore, il était sur la plage de Rimini avec Alisha, il avait filmé une tortue sur la piste de danse et Alisha lui avait dit qu'elle l'aimait, et qu'est-ce que c'était maintenant que ce métèque à côté de lui, et qu'est-ce qu'il lui voulait, et c'était quoi, ces blocs bizarres sur ce plateau en argent ? Ce type qui portait son plateau comme un majordome aux hanches coincées, il l'avait déjà vu quelque part, ce n'était pas lui qui était arrivé à l'El Cion avec ce petit taré, ce génie infect que tout le monde appelait le Rat, non, le Clébard, non, attends, ça allait lui revenir, ils l'appelaient le Chien, où était ce gars, il n'était pas tombé de la dernière pluie. Les yeux de Valentino se sont reconcentrés, jusque-là ils regardaient dans des directions différentes, comme les pupilles d'un caméléon, mais à présent ils semblaient suivre à nouveau le même cours, une sorte de révélation s'est affichée sur son visage, on aurait dit qu'il venait d'avoir une idée grandiose.

Où était-il ? Ce Chien ? Ou se cachait-il ? Attends, a-t-il dit à son ami et financier, il fallait qu'il lui montre quelque chose, puis il s'est levé d'un bond et a chancelé jusqu'à la cuisine.

Les cuistots étaient sortis de leurs trous et tendaient leur cou, la dispute entre Romanov et Said s'était terminée entre-temps dans la cuisine, maintenant c'était le Chien et le chef plongeur qui se crêpaient le chignon. Le chef de l'équipe de plongeurs essayait de se justifier devant le Chien : c'est un produit vaisselle tout à fait normal, et est-ce que quelqu'un veut bien calmer ce type, s'il vous plaît. Il a ramassé un flacon de nettoyant industriel vert fluo par terre et allait se remettre au travail mais le Chien lui a arraché le produit vaisselle des mains et l'a vidé dans l'évier sous ses yeux. Quelqu'un avait dû donner de l'alcool à boire au Chien, il était hors de lui et de la sueur lui collait au front.

Qu'est-ce qui se passe ici, qu'est-ce qui lui a pris encore, partout où le Chien apparaît le stress monte, râlait Valentino, dès que le Chien est dans les parages, ça se met à se disputer et à gueuler, il faut laisser les gens faire leur boulot, bordel de merde.

« Le Chien a dit qu'on sentait le produit vaisselle sur la porcelaine », s'est plaint le chef plongeur.

Valentino a posé son bras autour du cou du Chien et lui a balbutié à l'oreille : « Les plongeurs ne cuisinent pas avec du produit vaisselle, ils s'en servent juste pour nettoyer, mon ami, il faut se détendre. »

Sa langue devait peser une tonne, elle roulait dans sa bouche, d'un côté à l'autre, inerte comme une baleine échouée. Le plongeur expliquait que le Chien leur demandait de faire la vaisselle avec des citrons, il avait dit que, si on utilisait le produit pour la plonge, autant le boire directement.

Maintenant, ça commençait doucement à l'énerver, cette histoire, a dit Valentino, son meilleur ami était seul à table, de l'autre côté, et il attendait que Valentino lui présente quelque chose de merveilleux. Il a attrapé une assiette d'une main impatiente et l'a léchée.

Je restais debout avec mon amuse-gueule tout au fond. Tandis que Valentino étalait sa langue voilée par l'alcool sur la porcelaine et léchait les assiettes l'une après l'autre pour savoir s'il y avait quelque chose de vrai dans l'affirmation que les assiettes lavées ont un arrière-goût de produit vaisselle, le Chien a coupé un citron, pressé son jus sur une assiette sale et a montré comment il fallait la laver de cette manière.

L'ensemble du personnel levait les yeux au ciel, que le Chien soit un génie, ça, l'idée avait fait son chemin, qu'il ait parfois un comportement un peu bizarre, personne n'en doutait plus maintenant, mais là ça allait trop loin, à l'évidence le Chien avait une case en moins. Valentino a bien considéré le tout. Puis il a hoché la tête. Qu'on fasse comme le Chien a dit, à partir de maintenant on n'utilise plus de produit vaisselle, seulement des citrons, voilà, et comme ça l'affaire est réglée et on peut reprendre nos activités, que ceux qui n'ont rien à faire en cuisine en sortent, on passe de la musique, qu'est-ce que c'est que ce rassemblement de macaques, au juste, allez, que tout le monde bouge son cul paresseux, il voulait voir chacun de nous danser à présent, sinon ce n'était même pas la peine de venir lundi, a-t-il ajouté, et puis il a ordonné à Lily de se débrouiller pour qu'il y ait toujours assez de citrons à disposition à partir de maintenant. Les plongeurs étaient complètement perdus, les cuistots se sont bousculés à la porte qui donnait sur la salle, et ils se sont mis à y danser comme des idiots, personne ne voulait être viré, et depuis cette nuit la vaisselle ne se faisait qu'avec du jus de citron à l'El Cion.

Valentino est revenu dans la salle avec le Chien qu'il traînait à côté de lui avec une prise d'étranglement, le Chien, c'est un sacré lascar, à présent l'investisseur avait intérêt à s'accrocher parce que ça, ça allait le laisser sans voix, il a assis le Chien à table, a attrapé deux verres à vin et les a remplis.

Dans un grognement, il a demandé au Chien de fermer les yeux, puis il a pris une fourchette, l'a remuée dans un des verres et l'a ressortie.

« Maintenant observez attentivement, les autres, là-bas, les salopes du service, et le merdeux, de l'autre côté, qu'ils viennent tous aussi, et qu'ils regardent bien ce qui va se passer, ce garçon peut deviner dans quel verre était la fourchette, simplement au goût, il arrive à sentir le métal rien qu'avec sa langue, attention, c'est parti. »

Valentino a tendu le premier verre au Chien. Il a bu une petite gorgée et avait l'air énervé par ce numéro de cirque ridicule.

Je me tenais dans le coin et observais mon petit frère, comment il était présenté entre les deux mâles alpha comme un cheval de course hors de prix ; depuis le temps, l'amuse-gueule était monté à température ambiante. Conny a eu pitié de moi, elle a pris un morceau sur mon plateau en argent, l'a mis dans sa bouche et a fait : « Mhhhmmm ». Le reste est devenu sec aux premières heures du jour et a fini par atterrir à la poubelle.

Le Chien a tapoté sur un des deux verres, avec autant d'assurance que s'il avait dû faire la distinction, au goût, entre du lait et de l'huile pour moteur, des applaudissements ont éclaté dans la pièce. Des cris de joie, des tapes sur l'épaule données avec fierté, certains secouaient la tête d'un air sceptique, extraordinaire, il devait y avoir un truc.

Lily était debout à côté de moi, et ce qu'elle voyait ne lui plaisait pas, ne lui plaisait pas du tout, elle avait sur la langue un avant-goût rugueux d'apocalypse.

« Incroyable », a-t-elle dit, pensive, à sa voix on aurait dit qu'un piège était caché quelque part dans ce mot, comme si elle voulait savoir si ce qui se passait sous nos yeux était bien naturel.

« Oui, incroyable », ai-je répondu.

Valentino fixait chacun du regard dans la salle, ça, c'est sa brigade, le vivier des génies, des types comme le Chien, on ne les trouve qu'ici, à l'El Cion, tout à fait, qu'on n'hésite pas à le regarder de plus près, on peut se préparer à quelque chose de terrible, ça, là, ce n'est que le début, que le début, c'était son fils, sa fierté, son ticket pour une nouvelle réputation, une nouvelle gloire, mais où est donc le champagne, pourquoi il n'y en a déjà plus, Lily, où est-ce qu'elle se cache, cette vieille charogne, ah, elle est là, verse encore un peu de champagne, on a soif.

Plus tard, une fois que Valentino a retrouvé son calme, il a voulu demander au Chien quel était son problème, ce qu'il avait sur le cœur, pourquoi il ne dansait pas et pourquoi il tirait une tête pareille, si quelqu'un l'avait dans le nez, le Chien devait lui donner les noms, il casserait les os à chacun de ceux qui lui auraient fait du mal, allez, il faut parler, il voulait entendre des noms maintenant, les pisseuses pouvaient craindre pour leurs fesses, et puis il a fait un tour d'horizon de la salle pour voir s'il arrivait à trouver un suspect. Mais le Chien restait muet, il semblait attendre quelque chose, patient et stoïque, comme s'il avait tout le temps qu'il voulait.

Valentino commençait à devenir nerveux. Est-ce qu'il y avait quelque chose qui lui pesait, dont il voulait se débarrasser, une question, un souhait, c'était le moment ou jamais, il pouvait obtenir tout ce qu'il voulait de lui, il l'aimait comme son propre fils, où est-ce qu'il s'était caché pendant toutes ces années, et pourquoi est-ce qu'il avait attendu maintenant pour surgir de nulle part ?

Il a encore fallu patienter une éternité avant que le Chien bouge ses lèvres en silence. Qu'est-ce qu'il avait dit, Valentino insistait, il avait bien dit quelque chose, il y avait trop de monde ici, il fallait qu'il répète. Valentino s'est penché tout près du Chien et a attendu, l'oreille tendue, qu'il parle à nouveau. Il pouvait tout lui demander, tout ce qu'il voulait, puis il a posé son bras autour des épaules de son fils retrouvé.

« Le sel, a fini par dire le Chien, le sel de Gaspar. »

Valentino s'est redressé, a pris une profonde inspiration suivie d'un air grave. Lily et moi étions les seuls à suivre leur conversation, on savait que des trucs risquaient de bientôt voler et que les objets pointus pouvaient provoquer de sales blessures, j'ai reculé de quelques pas par précaution.

« Qui a le goût de neige qui fond sur la langue, comme le souffle des dieux », pensait Valentino, une tension irréelle planait dans la salle, finalement il s'est levé et a fait signe au Chien de le suivre.

Lily et moi les avons suivis tous les deux du regard jusqu'à ce qu'ils disparaissent dans le bureau, Lily secouait la tête.

« Mais ce gamin n'arrête jamais, elle a dit, il veut vraiment savoir ce que c'est, il réclame carrément qu'on lui arrache le crâne. »

Une fois que Valentino a fermé la porte derrière lui et le Chien, il l'a assis sur son fauteuil de bureau, le seul endroit où l'on pouvait s'asseoir dans cette pièce minuscule, le Chien ne se sentait pas tout à fait à l'aise. Ensuite Valentino a fouillé tout au fond de son tiroir, a fini par en sortir un bout de papier plié qu'il a alors ouvert. Il y avait au milieu un dernier reste du sel de Gaspar, plus beaucoup, juste assez pour saupoudrer une portion de frites.

Là, qu'il ouvre la bouche, a dit Valentino, et il y a versé une pincée microscopique, il l'a défendu absolument d'en parler à qui que ce soit, puis il s'est déposé lui-même quelques cristaux de sel sur la langue et a fermé les yeux.

Tous les deux ont laissé le goût fondre sur la langue. Le Chien aussi fermait les yeux. Des nuages défilaient devant lui. Un sol de pierre. Des rides sèches sous des cheveux gris. Le pelage d'une bête hirsute, ébouriffée par le vent. De l'herbe clairsemée, flétrie, des plantes noueuses au milieu de falaises colossales.

On pouvait entendre les bruits sourds de la meute qui faisait la fête à côté, une bouillie informe de basses et de braillements s'écoulait à travers les interstices de la porte, de temps en temps un cri strident fendait l'air. Valentino a décollé sa langue du palais, perdu dans ses pensées, il contemplait les miettes blanches, grises et vertes sur le bout de papier dans sa main.

10

Il était tôt ce matin-là, l'éclairage nocturne inondait encore le boulevard, les rues luisaient de jaune et de rouge, incandescentes, quelqu'un les avait trempées dans mille tonnes de glutamate, peu à peu seulement elles se détachaient dans la lueur pâle du matin. On glandait sur un banc, le Chien, moi et un petit groupe de gars de l'El Cion. Le soleil n'allait pas tarder à se lever sur la ville, dans quelques heures l'un d'entre nous allait lancer la machine à café dans la cuisine, elle nous réchaufferait l'âme avec son chuintement et son ronflement délicat avant qu'on ouvre les portes du restaurant. L'AMG de Said était garée devant nous, on s'était rassemblés autour de la voiture et on examinait le moteur, Said débordait de fierté, il se pavanait comme un coq autour de son trésor. Conny était assise au volant.

Alisha est sortie du restaurant, les lunettes enfoncées sur le visage.

« Eh, elle a dit en s'approchant, c'est à qui cette caisse, est-ce qu'elle appartient à l'un de vous ? »

Said cherchait une réponse mais chaque pore de la peau d'Alisha était tourné vers le Chien, elle lui souriait.

« Hé », a-t-elle répété en roucoulant, cette fois en s'adressant à lui seul.

Elle a passé la main dans ses cheveux et n'avait plus l'air d'une femme approchant la quarantaine, mais faisait plutôt penser à une jeune fille face à un skateur mignon, deux classes au-dessus d'elle.

La bagnole était à lui, elle appartenait à son cousin, a dit Said, puis il lui a demandé si elle voulait s'asseoir à l'intérieur et comment elle la trouvait.

Elle trouvait que la bagnole était beaucoup trop petite pour lui, comment il voulait caser toutes les putes sur la banquette arrière, ou est-ce qu'il préférait vraiment traîner seul en ville là-dedans ?

Conny braillait de rire, elle en faisait des caisses.

Pourtant il sèmerait la voiture d'Alisha à l'aise, ai-je lancé à la ronde. Les femmes aiment bien quand on les provoque un peu, mais Alisha ne réagissait pas, on aurait dit qu'elle ne m'avait pas entendu.

Alors Said a envoyé à Alisha : « Ta bagnole, je l'écrase même en seconde.

— Ah oui ? Je n'en serais pas si sûr à ta place », a-t-elle répondu en haussant un sourcil, et elle a regardé vers le bas du boulevard, l'éclairage public glissait sur le bitume gris noir, la ville entière dormait encore, on ne voyait pas un chat.

« Jusqu'au monument ? », a-t-elle demandé.

Non, ce n'était pas possible, il devait rapporter la caisse le lendemain matin, a dit Said en se balançant d'un pied sur l'autre. Il se rendait compte à présent dans quoi il s'était embarqué.

Conny a dit qu'elle aimerait bien conduire la voiture de Said maintenant, et elle glissait sur le siège, de gauche à droite, de manière à faire crisser ses cuisses nues sur le siège en cuir d'alpaga comme un sifflet à roulette. La situation commençait à être tendue pour Said, plus il faisait des manières, plus les deux femmes s'acharnaient.

« Dégonflé ! », lui a lancé Alisha.

Conny attachait déjà sa ceinture, ce n'était plus qu'une question de temps avant qu'elle appuie sur l'accélérateur, pied au plancher. Son frère avait travaillé un moment dans une agence de location de voitures, ça n'aurait pas été la première fois qu'elle monterait cinq cents chevaux. Romanov s'est laissé tomber sur le banc entre moi et le Chien.

Il ne manquait plus qu'une gonzesse pour agiter le drapeau, a dit Alisha, est-ce que quelqu'un parmi nous avait une gonzesse à moitié à poil pour le départ, et puis elle a dit que moi, je pourrais le faire.

Conny balbutiait, oui, super idée, allez, que je fasse pas ma chochotte, je pouvais prendre mon T-shirt comme drapeau.

Qu'elle aille se faire foutre, j'ai répondu, elle-même était une gonzesse à moitié à poil, elle pouvait bien le balancer toute seule son drapeau. Je disais ça pour plaisanter mais comme personne ne riait, j'ai relancé en proposant que le Chien le fasse, lui, il pouvait très bien passer pour une gonzesse, mais personne ne réagissait à ça non plus, c'était comme si j'avais dit quelque chose de déplacé.

À cet instant, une vieille Mercedes Classe A est passée devant nous, a pilé, les pneus ont crissé, et un poing de fer, glacé, m'a enserré la nuque, j'avais oublié cette sensation depuis longtemps, maintenant c'était de retour, ça nous souriait, et puis ça a fait une marche arrière jusqu'à revenir à notre hauteur, et ça a baissé la vitre.

C'était Vaslav, il a dit regardez-moi ça, ses deux amis, il nous avait presque oubliés. Sa petite fille était assise sur la banquette arrière sur le siège auto, son sac pour le jardin d'enfants posé sur son ventre et, entre les mains, une tablette bon marché avec un jeu vidéo aux couleurs criardes, elle volait à travers des collines pixelisées roses et récoltait des fraises et des cerises.

Vaslav a fouillé dans sa boîte à gants et en a sorti une petite matraque télescopique, il était tellement agité que ses mains tremblaient, il est descendu de la voiture et s'est dirigé vers le Chien et moi.

« Je veux récupérer mon putain de fric, tout de suite ! »

Il nous grognait dessus comme un chien de combat blessé.

« Papa ? »

Sa fille l'appelait depuis le siège arrière.

« Tout de suite, ma chérie, papa arrive tout de suite », a répondu Vaslav en russe avant de déployer son bâton, l'argent de la caisse lui manquait cruellement, et le fait que le Chien et moi n'étions plus les pauvres types qu'on était avant ne rendait pas les choses plus faciles pour lui, mais Romanov, le garde-manger, s'est alors hissé péniblement de son banc et lui a barré le chemin avec sa stature d'armoire à glace.

« Qu'est-ce qu'il y a ? voulait-il savoir.

— Laisse-moi passer, le gigolo », a grogné Vaslav.

Puis Said les a rejoints et s'est placé à côté de Romanov, ils se dressaient devant nous comme un mur et bloquaient la voie à Vaslav.

« Qu'est-ce que tu veux ? Il te mène où ton manège, on peut t'aider ? a grincé Said.

— Lui, là, le type sur le banc, là, avec ses yeux vicieux, il me doit encore de l'argent, ce branleur, a dit Vaslav et il faisait des moulinets avec sa matraque, comme un prof avec son mètre devant un tableau noir.

— Non, c'est vrai ? Il te doit encore de l'argent ? Il a couché avec toi, ou quoi ? », a demandé Romanov d'un ton sec.

Said et Conny ont éclaté de rire, et même Alisha ricanait à moitié, Vaslav était à deux doigts de frapper au hasard autour de lui, sa matraque se balançait dans sa main dans un mouvement hystérique, mais il faisait face à une troupe de sept à huit cuisiniers, il était seul et sa fille était dans sa voiture.

« Ils ont piqué ma caisse, tout le fric, les deux, là. »

Romanov s'est tourné vers le Chien et les autres cuistots de la brigade.

« C'est vrai, ça ? Quelqu'un a piqué du fric dans la caisse de monsieur, ici présent ? Non ? Vous êtes sûrs ? », a-t-il demandé en regardant à la ronde, personne ne bougeait, Romanov a haussé les épaules, bredouille.

« Nan, désolé mais personne ici n'a piqué ton fric, tu l'as vu toi-même, j'ai demandé à tout le monde », a-t-il expliqué.

La rage de Vaslav bouillonnait et gouttait sur le bitume, mais il n'était pas idiot, il savait qu'il n'avait aucune chance contre ces types butés, tous des métèques, des branleurs.

« Papaaa ! », sa fille l'appelait depuis sa banquette arrière et le tirait de ses envies de violence pour le ramener à la réalité.

« Si jamais je vous attrape, rien que tous les deux, mes petits gars, je vais vous frapper à mort, de mes propres mains, comme ça », puis Vaslav a écrasé la matraque dans sa main comme s'il comptait en extraire du jus.

Finalement il est remonté dans sa Classe S, pantelant de rage, et est parti à toute blinde, on l'a regardé s'éloigner jusqu'à ce que ses feux arrière disparaissent.

« Bon, et maintenant ? », a demandé Alisha.

La question s'adressait en premier lieu à Said, mais Alisha ne lui a même pas donné la chance de placer un mot, elle a fait hurler les pneus arrière jusqu'à ce qu'ils fument. Conny a crié de plaisir et a essayé de faire comme elle, au début elle ne faisait que quelques sauts en avant mais ensuite elle a compris le truc. Les gars se sont mis à l'abri et tenaient leurs mains devant le visage, une fumée épaisse montait, l'odeur de caoutchouc brûlé envahissait la rue, ça puait comme si un bûcher de pneus de voitures avait explosé.

« Trois… Deux… Un… Go ! », a crié Conny d'une voix aiguë.

Alisha a fait un départ difficile mais a filé plein gaz en bas de la rue, Conny a démarré avec quelques secondes de retard, a fait grincer l'embrayage, au point que Said tombe à genoux en serrant les mâchoires, puis elle a pris Alisha en chasse, et j'ai fermé les yeux et appuyé ma tête en arrière.

Le hurlement des moteurs s'estompait peu à peu dans l'obscurité, les feux arrière ont fini par disparaître eux aussi, et le silence est revenu.

Au bout du boulevard, là où la zone industrielle commençait peu à peu, les premières lueurs du jour rougeoyaient. Il n'y avait plus de cigarettes, Romanov et Said sont allés en chercher.

Le Chien et moi sommes restés assis sur notre banc, une paix profonde, infinie, se répandait en moi. Des sales types comme Vaslav ne pouvaient plus rien nous faire. Nous étions cuisiniers de l'écurie la plus arrogante et la plus rude de la ville, les beaux jours étaient devant nous. Une musique douce recouvrait mon âme, le souvenir de la puanteur de l'huile de friture rance, du speed bon marché et de la vieille viande de kebab s'effaçait pour toujours.

Les premiers oiseaux gazouillaient dans l'air frais du matin. Un garçon d'environ seize ans errait dans le boulevard encore nocturne comme un clébard sans maître à la recherche de quoi manger. Il trimbalait dans une main un sachet jaune plein à craquer. Le Chien l'a suivi du regard jusqu'à ce qu'il disparaisse dans la nuit lui aussi.

Le lendemain matin, un goût d'encre de Chine rampait entre mes dents et s'accumulait dans ma gorge. Un fond d'amertume et d'encre, comme du vin sec. Un type laid avec une peau de poulet et une barbe clairsemée et frisottante tirait sur ma lèvre inférieure comme s'il voulait l'arracher, mais je restais assis sans rien dire et sans bouger, et je me demandais si c'était vraiment indispensable, encore un peu et je lui en aurais collé une, à ce pauvre type. Le Chien était assis sur un canapé en face et feuilletait les portfolios du tatoueur. Le type a fini au bout d'une éternité et m'a tenu un miroir devant le visage. Sur la face intérieure de ma lèvre inférieure insensible trônait le tatouage d'un serpent devant une pomme qui étincelait comme le soleil.

11

Un orage de chaleur était de nouveau annoncé pour midi, mais c'était encore calme et les rayons de soleil d'une chaude matinée pénétraient à travers les grandes fenêtres dans la salle du restaurant.

La cuisine était propre et brillante. L'équipe de nettoyage était partie quelques minutes avant. Les pianos et les fours étaient encore froids, la porte d'entrée, fermée, seule la machine à café chuintait, Conny nous faisait des expressos. La brigade s'était rassemblée presque au complet dans le restaurant. La plupart d'entre nous portaient leur uniforme pour la journée de travail à venir, mais la présence des autres était d'ordre privé, l'odeur du café frais s'échappait de la cuisine pour pénétrer dans la salle. Valentino n'était pas avec nous au restaurant, il était en direct, au studio de télévision, en pleine émission.

On pouvait le voir sur un écran plat installé provisoirement dans la salle du restaurant, il était assis sur un canapé bleu, dans un talk-show, et était poudré et éclairé telle une star de cinéma, le mur derrière lui scintillait, comme si une lueur argentée était diffusée dans l'air, élégante et futuriste, à travers une surface d'eau électronique.

Lily se tenait un peu à l'écart, les bras croisés sur sa poitrine. Elle était à présent la plus gradée de la cuisine.

Kai Van der Koij était malin, cultivé et, à vrai dire, trop vieux pour le boulot qu'il faisait mais ceux qui regardaient régulièrement la télé savaient que c'était une légende. On le connaissait déjà dans les années 1980. Tout jeunot à l'époque, il avait révolutionné le talk-show, il avait été une vraie tornade dans les programmes publics. Au fil des ans, les couleurs derrière lui sont devenues plus froides et plus plates, et on avait pu voir en direct le visage de Kai Van der Koij se flétrir petit à petit et se rider comme une pomme de terre. Chacun des cheveux sur sa tête était soigné par un maquilleur qui les maintenait en vie. Kai Van der Koij était un monstre sacré et il devait rester vivant à l'état de fossile, de nombreuses universitaires auraient bien aimé l'épouser, les statistiques ne mentaient pas. Expérimenté, souverain, provocant et cultivé, les jambes croisées, dans un costume chic sur mesure, il tenait négligemment ses fiches de questions dans la main comme une quinte flush royale, chacun de ses gestes représentait une décennie d'émissions de divertissement.

Valentino était assis dans son fauteuil dans une attitude tout à fait naturelle, lui aussi présentait bien dans son costume, il paraissait intéressant et charismatique, les rumeurs autour de ses années rock'n'roll voletaient autour de lui comme des papillons. Tandis que les lèvres de Van der Koij bougeaient et faisaient un exposé foisonnant du monde de la cuisine, Valentino n'a pas pu s'empêcher, pour une raison inconnue, de repenser au flétan du Chien, et le souvenir de ce goût lui a rappelé les hordes, là, dehors, les hordes de jeunes cuisiniers exaltés qui disaient du mal de lui dans son dos comme il le faisait lui-même à propos de Bocuse, cette ordure nazie. Valentino fixait la caméra et essayait de deviner si les jeunes recrues s'étaient déjà ameutées derrière la lentille et se moquaient de son costume, de ses cheveux rares et de son gros ventre.

« Allez vous faire foutre, a-t-il murmuré.

— Pardon ? »

Van der Koij s'est interrompu au milieu de sa question et a penché la tête, il faisait toujours ça quand il commençait à s'enliser dans la conversation.

« Rien, a fait Valentino en balayant de la main ce qu'il venait de dire.

— Bien », a dit Van der Koij, et il a essayé de reprendre le fil de la discussion.

Même si personne ne le reconnaissait officiellement, on ne pouvait nier que, au fond, le simple fait que Nido mette les pieds dans un restaurant représentait une telle distinction que la troisième étoile n'avait plus aucune importance. Nido était à la haute cuisine ce qu'Anna Wintour était au monde de la mode, affirmeraient les uns, tandis que d'autres diraient plutôt qu'il était l'Oussama ben Laden des restaurants. Nido avait déjà critiqué des cuisines avec une telle violence que certains chefs s'étaient suicidés.

Valentino approuvait d'un hochement de tête, mais où voulait-il en venir, que voulait-il dire par là ? Lui, Valentino, trouvait Nido surestimé, et très largement, il n'avait rien de plus à dire à son sujet.

Lily avait ouvert un Riesling Scharzhofberger léger et servait ses cuistots.

Tandis qu'en salle on écoutait religieusement les paroles du roi sur l'écran, le Chien et moi, on s'était éclipsés seuls en cuisine. J'essayais de lui apprendre une ou deux autres techniques importantes, j'aurais préféré rester avec les autres, mais il fallait le faire maintenant, le Chien ne maîtrisait toujours pas les gestes et les actions les plus élémentaires, son évolution faisait du surplace, pour tout dire. Il semblait ne toujours pas avoir compris que les champignons ne devaient pas être lavés mais seulement brossés, sinon ils devenaient glissants, tout comme il n'avait pas l'air d'avoir saisi qu'on ne devait plus toucher la viande une fois dans la poêle, qu'on ne devait plus appuyer dessus, qu'il valait encore mieux ne même plus la regarder avant qu'elle atterrisse dans l'assiette, ou encore qu'il fallait assaisonner les plats à chaque stade de la recette, et pas seulement à la fin.

Il y a quinze ans, le *Times* décrivait Valentino comme le mâle alpha des grands chefs, a dit Van der Koij, et puis, au fil des années, l'enthousiasme autour de lui s'était calmé. Cependant depuis quelques mois, il était de nouveau au centre de la scène culinaire internationale, sur la couverture de l'édition française du magazine *Gourmet*, il était désigné comme un « titan sorti d'un long sommeil ». Que s'est-il passé, qu'est-ce qui a changé ?, voulait savoir Van der Koij, le sourire aux lèvres, il attendait une histoire scandaleuse. Valentino s'est renversé sur son siège. Circonspect, fatigué.

Rien, qu'est-ce qui aurait bien pu changer ?, a-t-il répondu.

Mais, si vous permettez, insistait-il, on avait tout de même entendu parler d'une arrivée récente dans sa cuisine, du nouveau sous-chef, qui était donc ce jeune homme ? Mais avant même que Valentino puisse répondre, Kai Van der Koij s'est tourné vers la caméra. On avait préparé une vidéo pour les téléspectateurs, et des enregistrements de la cuisine de l'El Cion ont défilé sur l'écran.

Un cri a parcouru les rangs. On hurlait, on était à la télé, et là, derrière, on venait de passer sur l'image, on n'arrivait pas à y croire. Tout le monde jubilait, seule Lily restait pétrifiée au milieu de la pièce, la bouteille de vin à la main, et fixait l'écran.

Qu'est-ce que cet enculé de Van der Koij avait dit à l'instant ? Il venait vraiment de dire « nouveau sous-chef » ? s'est demandé Lily. Elle a jeté un œil à la ronde pour voir si quelqu'un n'avait pas une explication rassurante à disposition, mais personne n'était prêt à s'avancer dans la ligne de mire, et personne ne voulait non plus manquer de se voir à la télé. Ils avaient presque tous sorti leur portable et filmaient tout ce qu'ils pouvaient, on nous appelait, le Chien et moi, il ne fallait pas qu'on rate ça, on devait venir, vite. On pouvait à présent voir le Chien sur l'écran en train de s'attaquer aux épices, de retirer à mains nues la viande fumante de la poêle et de gratter la croûte brûlée sous l'eau courante, comme on retire de la peinture sur une toile. La caméra a changé d'angle, j'étais là, plus jeune que dans mon souvenir, je m'avançais vers le Chien, on voyait que j'essayais de paraître désinvolte, mais j'étais seulement flou sur le premier plan, le point était fait derrière, sur le Chien, il était en train de jeter des glaçons sur de la viande brûlante.

Ensuite Alisha est apparue à l'image, elle était assise dans la salle du restaurant, les jambes croisées, maquillée comme le péché le jour du Jugement dernier. Cuisiner semblait être le seul moyen pour lui de percevoir son environnement, disait-elle avec un battement de paupières très appuyé. Quand d'autres utilisent leurs yeux et leurs oreilles, lui voyait et écoutait à l'aide de son goût, puis elle a rejeté ses cheveux en arrière. Enfin c'était au tour de Valentino de prendre la parole, la caméra l'avait attrapé au passe, il tenait ses bras croisés sur la poitrine, l'air buté, oui, le gamin apprenait vite, comme c'était toujours le cas à l'El Cion, et il a ajouté que, bon, son style était vraiment spécial et intéressant, le reste de la phrase était coupé, et on voyait de nouveau des scènes du quotidien à l'El Cion et des images de gens beaux dans la salle.

Lily fixait la télé, stupéfaite. Le Chien n'était pas le nouveau sous-chef pourtant, pourquoi Valentino ne corrigeait pas ce merdeux ?

Les caméras sont revenues au studio. Valentino était toujours assis sans bouger, un bras posé sur toute la longueur de l'accoudoir, sur le canapé bleu éblouissant.

Valentino n'était-il pas chatouillé par l'idée de faire de ce jeune talent son successeur ? voulait savoir Kai Van der Koij, pour plaisanter, il espérait que Valentino et lui puissent au moins se rejoindre sur le terrain de l'ironie, à un certain âge on pouvait peu à peu avoir envie de se retirer des affaires, a dit Van der Koij qui, avec cette remarque, se dirigeait droit sur des écueils tranchants.

Valentino l'a transpercé de ses yeux froids, Kai Van der Koij commençait peu à peu à parler comme si sa vie en dépendait, il disait que c'était un peu du sport, la cuisine, que ça jouait un rôle sur la santé, et cela faisait tout de même quelques dizaines d'années que Valentino travaillait, depuis quand, au juste, exerçait-il dans la gastronomie ?

Valentino le laissait s'enfoncer, et Kai Van der Koij cherchait une solution dans ses fiches.

Eh bien, qu'on passe maintenant à son nouveau livre de recettes, a-t-il dit en sortant un exemplaire derrière son siège.

Il paraît la semaine prochaine, c'est bien ça ?

Mais la messe était dite, c'était trop tard, Valentino a regardé sa montre. Van der Koij tenait le livre de manière à ce que les téléspectateurs puissent bien le voir, si une caméra pouvait juste…

La porte de la salle du restaurant a claqué. Lily l'avait fermée avec fracas derrière elle.

12

Cette nuit-là, le Chien, les gars de l'El Cion et moi, on était devant un snack ouvert 24 heures sur 24, en face du Gaspar, et on fêtait notre passage à la télévision, on s'était fait un stock de nouvelles cigarettes, et Romanov s'enfilait des M&M's l'un après l'autre, on discutait pour savoir qui monterait dans quelle voiture ou s'il valait mieux qu'on prenne des taxis parce que c'était compliqué de se garer devant le club. Les enceintes d'Alisha balançaient des tubes de R'N'B', légers, sexy, entendus des milliers de fois, exactement ce qu'il fallait à ce moment-là. Said était à côté avec son AMG empruntée, et faisait hurler le moteur.

« Je monte dans la voiture de Said, a proposé Conny, si besoin, je m'assois sur les genoux du Chien.

— Non, ma jolie, tu t'assois dans la mienne, à côté de moi, et tu me guides pour trouver le chemin, a dit Alisha qui cassait le coup de Conny.

— Tu peux t'asseoir sur mes genoux, ai-je tenté.

— Très drôle », a répondu Conny en me tendant son doigt, et puis une poignée de cuisiniers sont sortis du Gaspar, de l'autre côté de la rue, l'un d'eux avait les dents de devant en moins, un autre s'appelait Claude, c'était le sous-chef du Gaspar. Dès qu'ils nous ont vus, ils se sont dirigés vers nous.

Le Chien vivait comme dans une coquille d'escargot, et il en sortait rarement la tête, toute la nuit il avait marché avec nous avec un air absent, mais maintenant la vie revenait en lui, on aurait dit qu'il se réveillait et qu'il remarquait tout juste qu'il se baladait avec nous dans la rue.

Pendant ce temps, les chers collègues de chez Gaspar n'étaient plus qu'à quelques mètres de nous, et ils dévisageaient le Chien comme s'ils avaient rencontré un Martien. Claude s'était même aventuré si près qu'on aurait pu se serrer la main si l'un de nous l'avait voulu. Un crissement traversait l'atmosphère comme une ligne à haute tension dans le brouillard. La brigade du Gaspar s'est formée en bloc derrière Claude, et nous aussi, on s'est rameutés tous ensemble, on ne savait jamais si la situation allait déraper et comment la soirée finirait.

Claude a penché la tête sur le côté.

« Tu n'es pas le type de l'El Cion ? », a-t-il voulu savoir.

Le Chien n'a pas répondu, il a regardé Claude d'un œil curieux, comme si la partie la plus importante de sa question était encore à venir.

« Vous êtes tous de l'El Cion, d'ailleurs, pas vrai ? », a demandé Claude à la ronde, mais personne n'a réagi, on portait maintenant le visage officiel de la brigade.

Dur. Renfermé. Arrogant.

« Oui. Et ?, ai-je finalement laissé échapper.

— Démarre, a dit Conny à Alisha, et elle nous a appelés, une fois en voiture : Les gars, montez, on veut y aller. »

C'était la première fois qu'on rencontrait des membres de la brigade du Gaspar, la première fois que je les voyais d'aussi près, jamais de la vie je ne me serais barré maintenant. Je n'avais pas peur, Vaslav était le premier à avoir pris la fuite, les gars devant nous allaient être les suivants. J'étais surchauffé comme un thermomètre sous un bec Bunsen, et j'avais des fourmis dans les gencives.

« C'est toi le gars qui a fait le coup des oiseaux ? », a demandé Claude au Chien.

Le Chien a hoché la tête.

« Eh bien, passe donc nous voir un jour, ça ferait plaisir à Gaspar ; notre saucier s'en va la semaine prochaine, on n'a encore personne pour le remplacer, qui sait... »

Alisha a éclaté de rire, Romanov aussi. Maintenant c'était mon tour : « C'est une blague, c'est ça ? Si tu veux quelque chose de lui, il faut d'abord me demander à moi.

— Alors ? Oui ou non ? La semaine prochaine ? Juste pour passer vite fait et dire bonjour, a demandé Claude au Chien.

— Eh, je te parle », ai-je dit à Claude.

Le Chien est devenu très attentif et a posé une question que personne n'a vraiment comprise, seuls les mots « sel de l'Himalaya » étaient intelligibles.

« Oh non mais ça va pas ? »

Je me suis interposé entre les deux et j'ai donné un grand coup dans les côtes du Chien. Claude a compris qu'il avait trouvé son point faible et il a dit, rapide comme une flèche : « Du sel de l'Himalaya ? Mon vieux, on a vingt-quatre différentes sortes de sel, le sel de l'Himalaya dont tu parles, c'est bien gentil, mais tu as déjà entendu parler du sel noir de... », mais le Chien ne l'a même pas laissé terminer sa phrase.

Il était d'accord. Il a hoché la tête et s'est avancé vers Claude en me tirant par le bras derrière lui, il était prêt à suivre Claude partout.

« Nan, attends, lui a dit Claude. Tu ne peux pas te pointer chez nous avec n'importe quel pauvre type, si tu veux passer chez nous, c'est uniquement seul.

— Qui ? Quel pauvre type ? C'est qui, au juste, le "pauvre type" ? », lui ai-je demandé, j'avais bien envie de le savoir.

Pour la première fois Claude a tourné les yeux vers moi, et il m'a inspecté de haut en bas. Il faisait penser à un routier de Marseille, petit, la peau mate, pas de cou ni d'occiput.

« Qu'est-ce qu'il veut, celui-là ? Il a quelque chose à dire ? a demandé Claude au Chien. Bref, peu importe, tiens-moi au courant si tu es intéressé », puis il a tourné les talons et allait me frôler en passant devant moi, mais je ne l'ai pas laissé faire, je lui ai donné un coup d'épaule, aussitôt Claude a laissé tomber son sac et m'a poussé brutalement sur le côté, c'était exactement ce que j'attendais. J'ai pris mon élan et je l'ai frappé si fort à la tempe qu'il a failli tomber, mais dès qu'il a retrouvé l'équilibre, il m'a sauté dessus comme un chat sauvage, m'a renversé au sol et m'a matraqué de coups, sans retenue. Deux autres cuistots du Gaspar ont voulu me donner des coups de pied, Romanov a essayé de leur barrer le passage, mais il a été projeté sur le côté, le Chien a fini par venir m'aider, et puis le reste des mecs du Gaspar se sont jetés sur nous.

13

La lumière dans la cuisine de l'El Cion vacillait, verte et froide, le Chien glapissait, ses côtes devaient lui faire atrocement mal. Il avait une plaie ouverte au front, le sang lui coulait sur le visage, et de mon côté je n'allais pas mieux, on aurait dit qu'on revenait de la guerre. Le reste de la brigade s'était volatilisé un peu partout, le Chien, Conny, Alisha et moi, on était seuls dans la cuisine en pleine nuit.

Le Chien grognait de douleur, Alisha a poussé Conny sur le côté.

Elle a dit : « Attends, je vais le faire », et puis elle s'est occupée du Chien elle-même, de ses propres mains.

Ça ne convenait pas du tout à Conny, elle s'était réjouie de pouvoir soigner le Chien, d'être proche de lui et de le toucher, mais elle a obéi sans rien dire à la femme du chef, et s'est occupée de moi à la place, après tout je n'étais pas en meilleur état. Conny a fouillé dans l'armoire de premiers secours accrochée au mur et en a sorti de quoi faire des bandages, Alisha lui a pris des mains quelques pansements, du désinfectant et des serviettes.

« Alors, ferme les yeux, ça va piquer un petit peu », elle a grogné cette phrase avec une voix si profonde qu'on aurait cru qu'elle allait lui enfiler une capote.

Mais avant qu'elle commence à verser du désinfectant sur ses blessures, elle lui a retiré son T-shirt, même si c'était tout à fait inutile, il était assis sur sa chaise contre le plan de travail, torse nu, le regard d'Alisha s'attardait sur son corps, elle ne se donnait même pas la peine de cacher le fait qu'elle était sur le point de craquer.

J'étais assis à l'autre bout de la cuisine et j'aurais pu vomir. J'en voulais vraiment à ce clochard. Après tout ce que j'avais fait pour lui, le numéro de ce soir était une vraie déception.

Je lui ai aboyé : « Mon pote, tu aurais dû te voir. On aurait dit une sale pute sous crack à qui on demande si elle le fait aussi pour cinq euros. »

Je l'imitais en train de hocher la tête, débile et la bouche entrouverte, quand Claude lui avait demandé s'il voulait rejoindre le Gaspar.

« Rien à foutre du sel, c'est la famille ici. La famille, mon pote ! Espèce de fils de pute, ne baise pas aussi… »

Mais j'ai interrompu ma phrase à temps, et Alisha a fait semblant de ne rien avoir entendu.

« On la ferme et on renverse la tête », et elle a tiré la tête du Chien en arrière et lui a essuyé le sang sur les yeux.

Conny les observait tous les deux discrètement à travers le reflet d'un frigo chromé.

« Tu as une bosse énorme, où rangez-vous la glace ? », a demandé Alisha, même si elle savait très bien où se trouvait la glace.

Là, a répondu le Chien en désignant la chambre froide. Alisha est partie chercher les glaçons mais, avec ses doigts longs et délicats, elle a fait mine de manier la poignée métallique de la chambre froide avec tant de maladresse qu'elle ne parvenait pas à l'ouvrir, avant de jeter au Chien un regard réprobateur et engageant. Il a fini par se lever tant bien que mal et a traversé la cuisine jusqu'à elle d'un pas chancelant. Dans la chambre froide, il a sorti d'une bassine en inox un sac en plastique avec des glaçons. Alisha lui a arraché le sac des mains et a pressé la glace sur sa blessure ouverte, sans ménagement. Le Chien a poussé un faible gémissement et est presque tombé dans les pommes.

« Allons, reprends-toi. Fais pas tant de manières, chochotte », a-t-elle murmuré tout en fixant son dos musclé et sportif.

L'installation réfrigérante et l'aération émettaient un bourdonnement comme à l'intérieur d'une centrale nucléaire, la lumière des tubes de néon plongeait tout dans une teinte d'herbe verte, les carreaux, les rayons en inox, les caisses, les cartons de livraison de denrées pas encore ouverts, les sachets en plastique de noix de Saint-Jacques, de ribeyes de bœuf Wagyu et de carpes koï, tout était vert comme une prairie à Pâques. Pas un mot ne sortait des lèvres d'Alisha, rien ne semblait approprié, elle appuyait la glace sur son front sans rien dire, d'ici quelques secondes, le froid mordant deviendrait insupportable et ils sortiraient.

La première fois qu'Alisha a avalé un repas préparé dans un restaurant, c'était il y a bien, bien longtemps. Elle n'était qu'une toute jeune fille à l'époque, mais elle se souvenait encore du plat et du goût comme si c'était hier. Pour la première et la dernière fois de sa vie, elle était partie en vacances avec son père, ensuite elle ne l'avait plus jamais revu, on disait qu'il avait des problèmes avec certaines personnes, et nul ne pouvait affirmer avec certitude qu'il était encore en vie.

Avec le peu d'argent qui lui restait, il avait commandé une marinara pour deux, la moins chère qu'on puisse trouver sur un menu poisseux, en bord de plage, dans une petite pizzeria de quartier, et afin d'économiser la monnaie pour les boissons, il avait fait emballer la pizza pour la prendre à emporter. C'était là, sur un mur du port derrière la pizzeria, où étaient garées les mobylettes et les Vespas, entre les cartons et les sacs-poubelles qui débordaient, sur une pierre vieille de plusieurs siècles, que le père et la fille étaient assis tous les deux et engloutissaient leur part, et Alisha avait su dès la première bouchée qu'elle n'oublierait jamais ce goût de toute sa vie.

La pâte croustillante cuite dans un four en pierre, les tomates salées, les feuilles d'origan et de romarin légèrement brûlées, l'odeur d'eau de mer huileuse, de poissons, de varech, et de diesel des ferries, et des péniches qui entraient au port, et de goudron sur les cordages moisis imprégnaient son nez, sa langue, sa peau, puis son être tout entier.

Un groupe de jeunes filles traînaient sur le môle en face d'eux. Elles avaient quelques années de plus, étaient plus intrépides qu'Alisha, et elles souriaient aux jeunes pizzaïolos d'un air effronté. C'étaient les vacances, les garçons transpiraient tout ce qu'ils pouvaient, l'un d'eux, le plus âgé et le plus maigre, avait l'air déjà majeur. Il s'était noué un torchon autour de la tête comme Che Guevara, il pensait qu'il était le plus cool et les filles le pensaient aussi, le week-end était à la porte et une des filles, la plus hardie d'entre elles, le voulait, elle finit par se lancer et se dirigea vers lui.

Les joues pleines, Alisha observait la jeune fille qui commandait une pizza pour elle et ses amies et qui disait qu'elle n'avait pas d'argent, à leur manière de se comporter ensemble Alisha comprit que le garçon tout maigre était déjà son petit copain. Il lui tourna le dos et lui dit de disparaître, qu'il était occupé et qu'il n'avait pas le droit de lui préparer une pizza comme ça, gratuitement, le chef allait revenir à tout moment, et puis elle lui murmura quelque chose à l'oreille, et un quart d'heure plus tard elle avait une pizza aux tomates, olives et anchois sous le bras et repartait avec de l'autre côté de la rue, rejoindre ses copines qui poussaient des cris de joie. C'était les années 1990, d'une des voitures garées dans le parking résonnait de l'eurotrash bas de gamme, *L'Amour toujours* de Gigi d'Agostino, et Alisha décida que, plus tard, quand elle serait grande, aussi grande que la fille sur le môle, elle épouserait un cuisinier.

Mais l'époque où elle rêvait de s'enfuir avec Valentino dans une ville inconnue, là où elle ne connaîtrait personne, était révolue depuis longtemps, comme l'était aussi celle où elle détestait les femmes qui s'accrochaient à des hommes plus vieux qu'elles comme des noyées à des bouées moisies, les femmes incapables de faire autre chose que de promener leurs longues jambes.

Alisha a posé ses bras autour du cou du Chien. Le yacht vers la vie qu'elle aurait réellement voulu mener, une vie dans des pays lointains, aux côtés d'un mec sauvage, avait quitté le port depuis longtemps. Au lieu de ça, elle s'était retrouvée sur un bateau à vapeur pour touristes sur lequel la moitié des passagers était déjà bourrés dès le matin, et où on portait des chapeaux rigolos et des lunettes de soleil ridicules.

Mais il était soudain de nouveau assis devant elle, le Valentino torse nu, athlétique et jeune comme un enfant de la rue, sauvage, hardi et libre, innocent et dangereux comme une grenade palpitante que seule Alisha pouvait calmer avec ses longs doigts délicats et experts.

« Si Valentino nous voyait maintenant, on serait morts, tous les deux », a-t-elle chuchoté, et elle souriait tant l'idée lui plaisait.

Elle a passé sa main dans ses cheveux, a retroussé sa jupe, tiré son slip sur le côté, s'est assise à califourchon contre son ventre et a enfoui sa langue dans sa gorge et puis, quand elle s'est rendu compte qu'elle était pour lui sa première femme, que toutes ces choses excitantes, il en avait seulement entendu parler jusqu'à présent, elle a pris ses mains et les a dirigées aux endroits qu'elle aimait, et elle aussi était soudain jeune comme jamais, sur la banquette arrière de la voiture de son premier copain, fou amoureux d'elle à l'époque, avant qu'il s'ôte la vie un an plus tard. La croûte épaisse de coke, de larmes et d'émotions à vif, sourde et muette, qu'on ne pouvait plus briser qu'en frappant de toutes ses forces, a fondu comme si elle n'avait jamais existé, et elle était de nouveau jeune, pure et belle.

« Tu as déjà goûté un plat qu'il avait préparé, toi aussi ?, m'a demandé Conny, comme si c'était la seule chose qui comptait à ce moment-là.

— Ce pouilleux a tout appris de moi, je lui ai tout transmis, c'est à moi qu'il doit ça, lui ai-je expliqué. Et ce n'est pas non plus si renversant que ça, ce qu'il prépare. »

J'avais fini de couper, j'ai léché le couteau à fruits et frotté le reste contre mes gencives, j'ai proposé à Conny de commencer, après tout, j'étais un gentleman ; elle s'est penchée et a sniffé tout le rail en une seule prise, j'ai pris le reste.

« Maintenant, attention à toi, je vais te montrer quelque chose », lui ai-je dit tandis qu'elle s'essuyait le nez.

J'ai sorti mon set de couteaux et je l'ai déployé devant elle.

« Je tiens ça de l'époque où je travaillais à l'Aist. Un damas Kitae-ji fait à la main, forgé selon la technique masame-itame. »

Conny a pris une profonde inspiration, et a passé sa main dans mes cheveux dans un soupir. Elle ne pouvait pas avoir le Chien, mais je pouvais convenir comme remplaçant.

« Je veux que tu m'engraisses jusqu'à ce que j'éclate, tu entends ? », a soufflé Alisha à l'oreille du Chien dans un grognement, et lorsqu'elle s'est imaginée tenue en laisse en train de boire à quatre pattes de l'eau chatoyante dans un bol, elle a fermé les yeux, et lorsqu'elle a joui, ça a giclé sur son ventre au point d'amplifier les claquements.

Les cheveux d'Alisha étaient trempés.

La sueur perlait sur sa peau.

Elle pressait le Chien contre elle, il était à elle, à elle seule, elle arracherait les yeux de chaque femme à ses côtés, elle était à lui, et il était à elle, et on parlerait encore d'eux dans plusieurs générations. Oui, Alisha et le Chien, ça, c'était un couple, on se raconterait, et on aurait les yeux embrumés et on brûlerait d'impatience d'écouter toujours plus d'histoires sur leur amour, leur vie, fuyant toujours un cuisinier fou, il s'appelait Valentino, il ne lui avait jamais pardonné. De longues années durant on l'avait vu errer autour des maisons, les cheveux ébouriffés, toujours à la recherche d'eux deux, du bonheur sacré. Certains l'avaient vu dans des chambres d'hôtel renifler des lits défaits, il pouvait reconnaître son parfum à cent mètres à la ronde, et ç'avait fini par arriver, un jour il avait retrouvé sa trace et leur avait barré la route à la frontière d'un pays étranger. Le Chien s'était jeté devant Alisha, il voulait la protéger, et c'est là qu'ils ont été enterrés, tous les deux, le jeune bonheur, plus jamais il n'y a eu d'amour comme celui du Chien et d'Alisha.

Lorsque le froid s'est fait sentir et qu'Alisha a rouvert les yeux, elle a vu le Chien attraper un des morceaux de filet frais sur le plateau en inox dans les rayons, et le frotter contre son corps complètement trempé, contre ses seins, ses cuisses, entre ses jambes.

14

La viande imbibée a claqué sur le gril, le gras gouttait et faisait jaillir de hautes flammes éblouissantes en tombant sur les charbons ardents, et criait comme un oiseau hystérique abattu en vol.

Le Chien et moi, on était derrière le gril, au buffet. On avait caché tant bien que mal nos blessures de la nuit précédente, et on portait des uniformes propres. Le Chien inspirait par le nez le fumet du filet saisi à feu vif, et je fermais les yeux.

Le soleil brillait. Clair et étincelant. Les invités triés sur le volet s'étiraient sur les fauteuils en cuir blanc disposés sur la terrasse du toit, le bon Dieu les avait drapés pour un tableau opulent.

Alisha en faisait partie, elle flirtait avec Valentino, son mari, au point qu'on pouvait se sentir mal à l'aise, et à de rares, de très rares moments, un de ses regards s'égarait en direction du Chien. Alisha était à deux doigts de tomber follement amoureuse de lui, et elle se faisait peur elle-même.

Le fait que le Chien ait l'air de ne pas s'être encore aperçu de sa présence l'énervait, et lui plaisait en même temps. Jusque-là, après la première nuit, les garçons s'accrochaient toujours à ses basques au point de lui donner la nausée, mais le Chien semblait avoir quelque chose de différent.

Des personnalités proches étaient assises aux tables, des amis du monde de la haute finance et des médias internationaux. L'invitation au lancement du livre de Valentino était une consécration, un ordre attestant qu'on avait atteint l'Olympe, on était arrivé dans l'appartement privé de Valentino, là où, quelque part, derrière une des portes fermées, se trouvaient sa chambre et même sa salle de bains. On discutait et on jasait, on louait et on célébrait, on se régalait et on fabulait, on se racontait ceci ou cela et puis on s'enfouissait les cailles dans la bouche, et le jambon italien (car il était, oh mon Dieu), et le bonheur et la paix dans le monde, comme on l'expliquait à la ronde, cela commençait par la nourriture.

Sur une petite table avaient été disposés des exemplaires du nouveau livre de cuisine de Valentino, filmés dans du plastique brillant. En grand format. Prétentieux. Blanc crayeux et hors de prix. Pierre, un artiste et ami de la maison, avait pris les photos et c'étaient de vrais chefs-d'œuvre.

Le Chien préparait le filet imbibé de la sueur d'Alisha en restant de marbre, possédé, comme si ça devait être la dernière chose qu'il léguerait à cette planète. Ses gestes étaient expérimentés maintenant, ses doigts, rapides, il avait fait d'énormes progrès ces dernières semaines. Je l'observais en train de manier le grand couteau de cuisine. Ce n'était plus le petit frère, le petit sauvage de la rue. Sans le vouloir, je m'esquivais dès qu'il passait devant moi.

Après le passage à la télévision, même le dernier des idiots avait compris qu'il y avait une nouvelle étoile dans la cuisine de Valentino, un enfant terrible et farouche. Aux tables blanches sur la terrasse du toit, on tendait le cou, on se chuchotait à l'oreille, on ne savait pas si les plats du Chien étaient vraiment bons à ce point, il se murmurait beaucoup de choses, on connaissait quelqu'un qui connaissait quelqu'un qui avait goûté une des créations de ce jeune génie, l'assiette faisait penser à un animal écrasé sur le bas-côté d'une autoroute, dont les entrailles étaient dispersées sur l'asphalte chaud, ensanglantées, déchiquetées, brutales, mais le goût, oh oui, le goût, ç'avait été une révélation. Ils étaient une poignée seulement à faire partie du petit cercle d'élus et à avoir pu faire l'expérience de son génie, il ne cuisinait que rarement, et chaque plat une seule fois, où était-il donc ce type, cette jeune tornade, est-ce qu'on pouvait faire sa connaissance ?

Valentino était renfermé sur lui-même, il jetait un œil par-dessus les têtes des invités au bout de la table, là où il y avait une place vide qui n'était dressée pour lui que de manière symbolique. Valentino n'avait encore jamais mangé avec ses invités, assis sur une chaise, entre des comtesses bardées de décorations et des princes du management attifés comme des allumeuses. C'était comme si on éjaculait dans sa propre bouche, disait-il pour se justifier, la discussion s'étouffait chaque fois dans des gloussements choqués, et se terminait de cette manière, en général. Et pourtant on dressait toujours un couvert pour lui, et là-bas, au bout de la table, sa place vide l'appelait, il allait maintenant s'y installer, y taper une fourchette contre un verre et y tenir un discours. Valentino n'avait jamais été un homme à faire de belles phrases. Aussi radical et impitoyable qu'il puisse être en cuisine, il restait complètement inhibé, d'une timidité presque névrotique quand les yeux de ses invités étaient dirigés sur lui, comme un petit garçon dans la cour de l'école à qui des sales gosses ont dérobé sa boîte de tartines.

Il débuterait son intervention en déclarant qu'il n'était pas un homme à faire de belles phrases, et puis il remercierait quelques personnes importantes, en commençant par Pierre, puis Lily et d'autres noms, il dirait leur être reconnaissant pour leur fidélité et leur dévouement. Les noms étaient comme des ancres flottantes auxquelles il pourrait s'accrocher pendant qu'il ramait dans son discours.

Valentino avait conscience qu'un grand nombre d'anciens fidèles du restaurant lui avaient tourné le dos à l'époque de l'histoire avec l'agent provocateur de Gaspar, dès l'instant où il avait fait sauter les dents de devant de ce gringalet, mais ces gens-là, tous ceux qui se trouvaient sur sa terrasse, ils avaient toujours tenu à lui, certains lui avaient écrit des lettres quand il était en taule, cet avocat blond aux dents blanches, de ce côté, par exemple, qui venait de se lever et courait vers lui les bras tendus en criant avec un accent italien terriblement exagéré : « Valentinoooo ! », c'était un de ses plus fidèles compagnons, il l'avait autrefois assuré d'un soutien sans faille. Qu'est-ce qu'il lui voulait à présent, pourquoi lui souriait-il comme ça d'un air abruti ?, se demandait Valentino.

« Valentinooooo » criait cet homme à nouveau, comme si tous les deux s'étaient perdus de vue dans les tranchées il y avait des années et des années et qu'ils se retrouvaient enfin. Tout le monde devait voir qu'ils se disaient « tu », et aussi le collègue du cabinet concurrent, à la table derrière, qui, au début de l'année, avait mis le grappin sur une affaire dont le montant du litige était tout à fait obscène. Possible qu'il ait emporté le morceau avec cette affaire et que tous l'aient célébré comme un étalon sauvage, mais ça, l'amitié avec Valentino, il ne pouvait pas lui enlever. Et en effet, il ne restait plus au concurrent du blond aux dents blanches qu'à détourner le regard d'un air agressif, et de faire comme si ça n'avait rien d'exceptionnel de tomber dans les bras de Valentino.

J'aidais Lily au bar à homard, elle se taisait et était pensive. Elle n'arrêtait pas de me jeter des regards en coin. Quand je la surprenais en train de le faire, elle détournait vite les yeux et faisait comme s'il ne s'était rien passé, et puis, au bout d'un moment, elle a craqué et m'a expliqué, à voix basse, qu'elle avait parlé avec le Chien récemment.

« Ah oui ?, j'ai demandé, et j'ai fait craquer les pinces du homard, chaque fibre de mon corps était tendue.

— Oui, elle a répondu, et après une courte pause elle a repris : Oui. Je lui ai expliqué que Sergej est bientôt guéri et va pouvoir revenir à l'El Cion, et qu'on ne va pas pouvoir continuer à vous employer tous les deux. Un de vous maximum. Mais sûrement pas les deux. »

Elle m'a regardé du coin de l'œil pour voir comment j'encaissais la nouvelle, si je devinais où elle voulait en venir, ou si j'allais fondre en larmes et m'écrouler au sol. J'ai hoché la tête avec calme, en professionnel.

« Bien sûr. Je comprends. Et ? Qu'est-ce que le Chien a répondu à ça ?

— Dans un premier temps, rien du tout. Il l'a juste accepté, voilà, et puis d'un seul coup il s'est mis à raconter des saloperies sur toi.

— Comment ça ? Qu'est-ce que tu veux dire par saloperies ?

— Ben, des trucs sur toi, quoi, des trucs que personne ne lui avait demandés. Que tu montrais ton couteau bizarre à tout le monde, comme si c'était ta bite, parce que tu n'avais rien à proposer en cuisine. »

Lily ne plaisantait pas. Elle était on ne peut plus sérieuse et empilait les homards.

« Comprends-moi bien, je n'en ai rien à foutre de ce que le pouilleux raconte sur toi, mais apparemment il n'a toujours pas réalisé ce qu'il te doit. Il n'a toujours pas pigé que c'est une famille ici. Je reconnais que, parfois, le ton monte un peu, mais c'est pareil dans toutes les familles, et ça ne veut pas dire qu'on peut raconter des saloperies sur ses frères et sœurs dans leur dos. »

Valentino s'est penché au-dessus de la table et a demandé à la ronde si les plats leur plaisaient et si tout se passait bien, bonsoir, chère madame, et, ah, le président du groupe de médias XY est venu aussi, quelle surprise.

« C'est toi qui lui as tout appris », a dit Lily.

Je me suis ouvert la main sur une des pinces de homard. Ça saignait mais je ne sentais rien. J'ai jeté un œil vers le gril où le Chien se tenait et faisait comme si rien ne s'était passé. Lily continuait à jeter de l'huile sur le feu.

« Mo veut baiser Alisha, mais moi baiser Alisha, Mo pas baiser Alisha, Mo stupide, ajoutait Lily en imitant le Chien. Et après Aist, Moscou. Gros couteau. Couteau parce que pas de bite, haha. »

Je ne savais absolument pas quoi dire.

« Depuis le début je ne peux pas l'encadrer. Tout ce qu'il a fait, c'est semer le désordre dans la boîte. Si ça n'avait tenu qu'à moi, ça fait longtemps qu'on l'aurait foutu dehors. Elle en est où, la terrine ? Toujours dans le frigo ? »

La nervosité de Valentino à la perspective de devoir maintenant tenir un discours s'accrochait à lui comme l'arthrose aux os et ne voulait pas le lâcher.

À ses côtés, son éditeur devenait un vrai pauvre type, et il s'est mis à gueuler comme un putois. Le filet ? Non, le filet était immangeable, dur comme du cuir, absolument épouvantable, autant aller chez McDonald's, ha, ha, glapissait-il, il regardait autour de lui, attendant des applaudissements, et espérait en vain que quelqu'un puisse rire avec lui, puis il a posé son bras sur les épaules de Valentino comme si c'était son frère unique et chéri, et a demandé où donc se trouvait ce nouveau cuisinier, les femmes ne parlaient de rien d'autre de toute la journée, est-ce que c'était ce type au comptoir, là-bas, et cet idiot a désigné Kevin, le saucier, qui, comme toujours, paraissait vif et craquant comme un prof de tennis.

Non, c'est lui, là, a répondu Valentino en montrant du doigt le Chien, posté derrière le gril, qui avait l'air d'un boxeur sur son lit de mort après le douzième round. Son œil gauche était violet et enflé comme une aubergine. Il se tenait au-dessus de la fumée du filet et la respirait, comme un junkie, un malade en détresse pulmonaire qui étouffait et aspirait les dernières gouttes d'oxygène.

Lui, là ?

Valentino a hoché la tête et essayait d'ignorer les regards émerveillés, admiratifs, des invités à sa table. On tendait le cou, on était aussi excité que si l'on voyait une pop star, cette rumeur, ce goût légendaire avait enfin un visage, on se sentait sincèrement dégoûté par les manières négligées et bestiales du Chien, et en même temps on le vénérait. Certaines femmes se glissaient plus près de leur mari et saisissaient leur main pour la première fois depuis de nombreuses années, on en voudrait bien un comme ça dans sa cuisine, on pourrait faire sa connaissance ? demandaient-elles en s'assurant de ne pas être entendues.

La grande différence avec aujourd'hui c'était que, il y a de nombreux siècles ou même millénaires, les hommes voulaient en tout premier lieu être rassasiés, on voulait avaler du gras et des nutriments pour pouvoir passer l'hiver, on voulait au moins avoir le ventre plein pour endurer la goutte, la gale et la phtisie.

Ce n'est qu'ensuite, avant tout dans les milieux les plus riches, qu'on a mangé plus seulement pour survivre mais parce qu'on voulait savourer, on voulait déguster, on voulait faire voyager ses papilles dans sa bouche à travers un pays merveilleux, un labyrinthe de sensations, et s'enivrer soi-même et ses hôtes. Mais aujourd'hui les extases culinaires ne suffisaient plus pour maintenir en vie un restaurant coûteux.

Aujourd'hui on voulait entendre des histoires.

Et Valentino était un maître dans ce domaine.

Il parlait rarement ou pour ainsi dire jamais en personne avec ses clients, il laissait Lily ou ses serveuses transmettre les histoires, de l'amuse-gueule au plat principal, du dessert au vin, il y avait à propos de tout des histoires épiques à raconter qui faisaient des plats dans les assiettes de véritables légendes. Un mythe entourait même l'eau minérale qui avait été livrée de la source au restaurant sans interruption de la chaîne du froid. La bouteille coûtait jusqu'à deux cent cinquante euros et l'eau n'avait jamais été en contact avec un entonnoir, un collecteur ou un tuyau mais recueillie directement contre la roche de la source thermale, remplie à la main dans les bouteilles en verre, une par une. Depuis que Brad Pitt avait acheté la moitié de la production, déjà rare, pour les années à venir, les prix avaient explosé jusqu'à monter parfois à plus de trois mille euros le litre, Valentino avait pu dégoter trois bouteilles qui avaient été vidées le jour même, et il n'y avait aucun espoir de mettre un jour la main sur une autre. Mais on a appris par le même contact qu'il y avait une autre source d'eau minérale, appelée source Lukas, située dans une zone inaccessible au milieu des Alpes, quelque part sous une crête, on aurait trouvé des preuves que, dans la nuit des temps, au néolithique, cette source était vénérée comme une eau sacrée, et il y avait de bonnes raisons de penser que c'était la source qu'Ötzi, l'homme des glaces, tentait d'atteindre à bout de forces. On n'en avait que quelques bouteilles, soixante-dix-neuf euros le verre, est-ce que vous voulez la goûter, je vous sers ?

Le goût de la nourriture s'évanouissait en quelques minutes sur la langue, mais les histoires, elles, on pouvait les emporter chez soi, les raconter à ses collègues de travail le lendemain. Tout le monde voulait entendre ces histoires. Tout le monde. On pouvait ainsi se vanter d'avoir bu une tasse d'une production extrêmement limitée des grains d'arabica Blue Mountain de la Jamaïque, les clients normaux de l'El Cion n'avaient pas ce privilège, mais on était tout de même des fidèles de l'établissement, et maintenant qu'on y avait goûté, il n'était plus possible de boire du café normal, mais là encore, ce n'était rien, l'année dernière Valentino avait fait déboucher un Moët & Chandon 1937, il ne fallait pas le dire trop fort, on ne savait pas si c'était vraiment légal, Valentino avait récupéré le champagne lui-même sur un parking, de nuit, auprès d'un vendeur de passage en ville pour quelques heures seulement. On disait que Valentino avait déjà payé la moitié à l'avance, le reste en espèces à la remise en mains propres ; c'était deux bouteilles de la réserve d'Adolf Hitler qu'un soldat britannique avait raflées en mai 1945 lors du pillage de la chancellerie du Reich, à Berlin. Après la mort de ce soldat, elles étaient réapparues dans un trou perdu, pas loin de Manchester. On avait vu sur le Net la photo sur laquelle le blanc-bec qu'il était à l'époque souriait de toutes ses dents devant l'objectif, dans la chancellerie bombardée, les deux bouteilles collées sous les bras. De ses propres yeux. Personne ne savait si le vin avait depuis fermenté en un vinaigre à cent pour cent acide et si, en ouvrant la bouteille, la puanteur pestilentielle allait nous brûler les muqueuses nasales comme un esprit malfaisant, ou si le vin avait mûri telle la plus délicate fleur au monde et allait s'ouvrir dans la gorge en un ton tragique, mélancolique et émouvant.

La véritable clé du succès de l'El Cion n'a jamais été le simple goût de la nourriture. Si l'on devait être tout à fait honnête, seule une toute petite minorité sent la différence entre un bœuf de Kobe et un charolais, ou un vin à quarante et un autre à quatre cents euros. Très peu percevaient la différence au goût, mais presque tous ne la voyaient qu'aux zéros supplémentaires derrière, au bout du prix.

La clé du succès était les histoires. Elles étaient aussi précieuses que de l'or pur, c'était elles qui prêtaient à l'El Cion son véritable éclat. Or, lentement mais sûrement, les histoires de l'El Cion ne tournaient plus qu'autour du Chien. La seule chose qui semblait intéresser les clients était d'où venait le Chien, quel était son secret et s'il avait une petite amie. Cela faisait déjà des semaines que Lily et les serveuses racontaient encore et encore la même chose. L'histoire du trou sombre, de la lucarne fermée éternellement et du mystère sur la façon dont le Chien s'était échappé de l'obscurité après des années de captivité.

Valentino s'est mis en mouvement vers sa place vide en bout de table, Alisha était assise à côté de sa chaise et elle ne semblait pas apprécier que les bécasses avec leur look d'allumeuses portent aux nues son Chien à ce point, pour qui se prenaient-elles, elle commençait à en avoir assez, si tous ces caquètements ne cessaient pas bientôt elle allait leur arracher les yeux, celle-là, là-bas, la grosse truie avec son maquillage de pute, dont les nichons étaient prêts à sauter de son décolleté, elle avait intérêt à se tenir à carreau.

Le ciel s'est couvert, un vent frais du soir s'est levé, des nuages sombres s'amoncelaient à une altitude vertigineuse. Entre les bandes de laine d'acier, une traînée jaune-rouge ardente s'étendait à l'horizon. La dernière lueur du jour a fait ses adieux et s'est retirée. Les dames mettaient leurs petites vestes et leurs capes sur les épaules et fixaient le Chien et la viande morte sur le gril, les discussions s'éteignaient l'une après l'autre, on se chuchotait que c'était insupportable cette façon de maltraiter la viande, qu'on ne pouvait pas regarder ça plus longtemps, on aurait dit que le Chien l'avait arrachée à mains nues du corps d'un animal encore vivant, on était choqué.

Sa manière de cuisiner, les traces de frottement sur le bord de l'assiette, l'arrangement qui faisait penser à un accident, tout ça n'existait pas, on n'avait encore jamais vu ça, mais il n'a pas fallu attendre longtemps pour que son style se répande et qu'on trouve de plus en plus souvent sur les assiettes des restaurants mondains des champs de bataille déchiquetés faits à partir des ingrédients les plus raffinés.

Entre-temps, Valentino était arrivé à sa place, il allait maintenant expliquer qu'il n'était pas un homme à faire de belles phrases, il a saisi sa fourchette et s'apprêtait à faire tinter son verre en cristal lorsqu'une des invitées s'est penchée vers lui et a interrompu sa concentration, est-ce que ce Chien, ou peu importe comment on l'appelait, est-ce qu'il n'allait griller que ce morceau de viande, et auprès de qui pouvait-on passer commande ?

La fourchette à la main, le regard fixé sur la nappe, Valentino a répondu, brièvement et sans douleur, qu'il allait bientôt s'occuper lui-même de sa viande, qu'il allait très vite rejoindre le gril et lui en préparer une, encore un petit moment, puis il a reposé sa fourchette, l'a relevée, l'a fait tournoyer, on allait bientôt entendre : « Cling ! »

Merci et quel honneur, a dit la dame, mais on préférerait tout de même que ce soit le Chien qui nous la prépare, on avait déjà tellement entendu parler de lui donc, si cela pouvait se faire, elle aimerait beaucoup lui commander un filet, commander un filet à ce Chien, une viande que ce Chien préparerait lui-même, ce serait possible ?

Valentino ne disait rien, il avait vieilli, il n'avait plus beaucoup de crédit, cela faisait quelques mois à peine qu'il était sorti de taule, encore un faux pas et il passerait quelques années derrière les barreaux, et il finirait hors jeu, définitivement. Il a gratifié la dame d'un grand sourire tordu par la douleur et a accepté d'un signe de tête, les yeux fermés et croyant bien faire. Une autre femme, elle s'appelait Hannah Winterberg, c'était la rédactrice en chef de l'édition allemande du magazine *Forbes*, est alors entrée dans la danse, c'était elle, en réalité, qui avait commandé ce filet, et la viande en ce moment sur le gril lui était destinée à elle, elle prétendait l'avoir redit ici, il fallait faire la queue comme tout le monde et qu'est-ce que ça voulait dire si chacun essayait de resquiller à présent !

Ce n'était pas tout à fait correct, avec tout mon respect, est intervenu un gros type dans un costume sur mesure qui, jusque-là, avait plutôt l'air de jouer les figurants, il avait été le premier à passer commande, on savait que le Chien cuisinait rarement, et on savait qu'il était fort probable qu'il préparerait uniquement ce simple filet, ce soir, et c'était la raison pour laquelle on avait passé commande pour lui et sa femme dès le début, quand personne n'y pensait encore, alors s'il vous plaît.

Il n'était pas un homme à faire de belles phrases, la formule tournait dans la tête de Valentino, et il souhaitait en premier lieu exprimer sa reconnaissance envers une poignée de noms, mais les noms s'effaçaient et lui échappaient, il n'arrivait pas à les rattraper, ils se dérobaient dans son cerveau comme des savons glissants. Les invités en colère élevaient la voix, on ne faisait que se disputer pour savoir à qui était destinée la viande sur le gril, si on devait la partager, si Valentino ne pouvait pas faire en sorte que chacun en ait une, et soudain l'image du flétan pour le testeur de la table douze est revenue à l'esprit de Valentino et s'y est étendue, énorme, y a pris ses aises, envahissante.

Il restait là sans bouger, la fourchette à la main, légèrement courbé en avant, de manière à bien pouvoir atteindre le verre. Son esprit était perdu ailleurs, il se trouvait de nouveau dans la salle du restaurant, tout autour de lui des centaines de paires d'yeux le fixaient, il pouvait encore entendre le violent impact du goût sur sa langue, ce n'était pas les ingrédients, il s'en était déjà rendu compte à l'époque, et ce n'était pas non plus la manière qu'avait le Chien d'arranger la nourriture sur l'assiette, n'importe quel idiot pouvait s'en rendre compte d'un seul coup d'œil, ce n'était pas les intervalles entre chacune des saveurs qui s'assemblaient comme une forme géométrique parfaite, une constellation éternelle. C'était quelque chose d'indescriptible, quelque chose qui donnait l'impression d'un souvenir qui n'avait jamais existé, comme un mystère sans fin et une délivrance, un bond unique et élégant vers la liberté.

Ce à quoi Valentino avait aspiré toute sa vie, celui qu'il avait toujours voulu être se tenait là-bas, derrière le gril. Ce jour-là, à la table douze, il avait entendu un craquement, un crissement, une gigantesque fissure avait traversé sa vie, le bâtiment entier avait du vent dans les voiles, tout le monde pouvait voir qu'il allait bientôt s'effondrer sur lui-même, on ne pouvait pas maintenir en vie la charpente pourrie plus longtemps, il devrait bientôt abdiquer, les laquais s'approchaient déjà sur la pointe des pieds, s'étiraient et voulaient arracher la couronne de sa tête pour en coiffer le Chien, il n'y en avait plus pour longtemps, il a frappé sa fourchette contre le verre, il n'était pas un homme à faire de belles phrases, il tenait tout d'abord à remercier Pierre, c'est à lui qu'il devait les magnifiques photos du livre.

Une secousse a parcouru l'assemblée, les invités ont inspiré brusquement, comme s'ils étaient tous assis dans le même avion qui venait de tomber dans un trou d'air, on retenait sa respiration, le Chien avait fait glisser le filet dans l'assiette à l'instant, il laissait derrière lui une trace de sang grasse, comme si l'on avait tiré un motard blessé sous un camion, comme si la viande était encore vivante avant d'avoir un accident sur la porcelaine.

Sur la terrasse du toit, le bruit courait que le Chien n'avait cuisiné que trois fois jusque-là. Un plat baroque, alambiqué, sur un pain croustillant avec du tabac revenu à la poêle dans un snack quelconque, une salade broussailleuse foisonnante pour Alisha, et enfin un filet de poisson dont l'aspect rappelait un mammifère écrasé sur le bas-côté, pour un testeur.

Et maintenant ça, un morceau de viande assaisonné seulement avec du sel et du poivre, ravagé et fourbu comme si on l'avait sauvé d'un champ de bataille, on s'est mis à formuler des premières hypothèses sur un fil rouge dans l'art culinaire du Chien, ses plats avaient l'air de devenir de plus en plus minimalistes, de moins en moins d'ingrédients et d'épices semblaient être la clé de son univers.

Valentino racontait vaillamment ses débuts en tant que cuisinier, ce livre représentait quelque chose de particulier pour lui, il avait essayé pendant de nombreuses années de fixer toute son expérience et son amour de la nourriture sur du papier photo de cent vingt grammes, à ce stade il aimerait beaucoup laisser la parole à Pierre, Pierre était un génie, un véritable artiste de la lumière, où était-il donc passé ce Pierre, mais Pierre n'était plus assis à sa place, il s'était levé et placé devant le gril du Chien. Il ne voulait pas rater cette occasion, qui savait quand on aurait à nouveau l'occasion d'observer le Chien composer ses manifestes d'aussi près ? C'était trop bête qu'il n'ait pas eu son appareil sur lui, et puis tant pis, il a dégainé son portable, Pierre était un photographe moderne qui n'avait pas peur de gonfler une photo de Smartphone jusqu'à pouvoir lui faire couvrir une façade vitrée.

Est-ce que Pierre voulait bien encore adresser quelques mots aux invités ?, a crié Valentino depuis l'autre bout de la terrasse sur le toit, mais Pierre lui a fait signe de patienter, il arrivait, il arrivait, juste un moment.

Les premiers rires montaient parmi les invités, un sacré sans-gêne, ce Pierre, incroyable, le pauvre Valentino, il était là debout devant nous, et personne ne l'écoutait vraiment, il n'avait quand même pas mérité ça, est-ce qu'on pouvait se décaler un peu sur le côté, s'il vous plaît, on voulait aussi comprendre ce que le Chien était en train de faire, on ne pouvait rien voir du tout comme ça.

Ce samedi après-midi-là, vers 17 heures, les spores d'un concept flottaient au gré du vent et se sont déposées dans les oreilles des critiques, des collègues et des connaisseurs et ont fait germer les minuscules premières pousses. La Cuisine brute représentait un mouvement, un art de vivre, c'était l'authentique vestige d'une génération prônant un retour à ses pulsions archaïques ancestrales, on a compris qu'il n'y avait rien de plus érotique que le battement de cils lascif d'une beauté ayant devant elle sur son assiette un carnage d'une violence inouïe et au prix délirant. À partir de ce jour, on a compris que la représentation des émotions humaines était d'une simplicité effarante s'appuyant sur les quatre saveurs de base : piquant, amer, sucré et salé. Mélangé dans les justes proportions, ç'avait transformé les invités en une couvée de jeunes bêtes sauvages et les avait rendus dingues comme une horde capable de déchiqueter des taureaux adultes avec les dents.

Les années suivantes, de nombreux critiques et cuisiniers, qui n'étaient absolument pas de la partie ce jour-là, ont affirmé avoir inventé le concept de « cuisine brute », mais ce n'est pas vrai. C'est ce samedi après-midi que cette formule avait été entendue pour la première fois, sur la terrasse du toit de Valentino. Pour le monde spécialisé, c'était la naissance d'un véritable mouvement, mais pour le Chien ce n'était qu'un morceau de viande avec quelques grains de sel. Il a fait un pas en arrière, comme s'il se réveillait d'un état de transe. Pierre a été le premier à tomber dans le piège et à se dépêcher de chiper l'assiette.

Le Chien a observé le filet se faire emporter par Pierre, comme un terroriste qui regarde une grenade rouler vers la zone visée et attend avec avidité qu'elle explose.

En 1985, quatre ans avant que Bocuse soit nommé chef du siècle par le Gault et Millau, Valentino s'était rendu à Lyon en stop, il voulait rencontrer le maître en personne, Valentino avait rencontré quelqu'un qui lui avait déniché une table pour lui et sa copine de l'époque à l'Auberge du Pont de Collonges, cela avait été son premier foie gras et, Dieu en était témoin, jamais il n'oublierait ce goût. Valentino maintenait vaillamment son cap, mais plus personne ne l'écoutait.

Ce n'est pas possible, ça, attendez un peu, entendait-on murmurer des tables des invités, mais Pierre est parti sans demander son reste. Au lieu de rejoindre sa place avec sa prise, à côté de son amie et parmi les autres invités, il s'est installé à l'écart, dans un coin de la terrasse, sa copine le fixait d'un regard lourd de reproche. Hannah Winterberg, la rédactrice en chef, s'est levée, ça n'allait pas se passer comme ça, et a couru après Pierre, on n'était pas dans une oasis en plein désert, elle a arraché l'assiette sous le nez de Pierre sans prévenir et est retournée vers sa table en se pavanant, tenant triomphalement le filet devant sa poitrine, comme un trophée. Pierre lui a couru après, il ne voulait pas lâcher, telle une hyène, il espérait pouvoir au moins récupérer quelques miettes tombées de l'assiette. Le mari de Hannah Winterberg maintenait Pierre à distance pendant que sa femme se pressait d'attraper couteau et fourchette et plantait ses couverts dans la viande.

On s'arrachait le filet ici et là dans un tumulte de cris et de bousculades ; en faisant le dos rond, Hannah Winterberg a finalement réussi à en déchirer un morceau de justesse avec les dents, et la saveur lui a frappé le ventre.

Est-ce que tout va bien ?, s'est inquiété son mari.

Oui, oui, a-t-elle marmonné, et un sourire tordu s'est étalé sur ses lèvres grasses, sanglantes, c'était vraiment, c'était, on avait l'impression, en quelque sorte, comment dire ?

Son mari a attrapé sa main et, avant que Hannah Winterberg puisse la retirer, a léché ses doigts gras et salés, alors ses genoux aussi se sont mis à fléchir, et il a dû s'asseoir.

Oui, c'était extraordinaire, c'était, c'était vraiment bon, a-t-il dit, le souffle court, et lui aussi a pu ainsi entrevoir une vague impression de la vision qui avait envahi tous ceux qui avaient goûté la nourriture du Chien, et qui avait fait de nous des initiés. Lui et sa femme distinguaient de manière confuse, comme au loin, l'assemblée de créatures sans paupière, et eux aussi sentaient briller la lueur claire et chaude de la liberté. La lumière tombait sur leur peau, mystérieuse et belle. Aveuglante et troublante.

Hannah Winterberg a léché les derniers restes sur ses doigts et cherchait ses mots, le goût avait quelque chose de sexuel, n'est-ce pas, le filet avait une saveur absolument obscène, elle pressait ses mains entre ses jambes. Arrête ça, grinçait son mari entre ses dents, mais Hannah Winterberg lui a crié de ne pas jouer les offusqués et de la laisser plutôt tranquille et de lui glisser encore un morceau de viande dans la bouche, la saveur lui coulait le long du dos comme un miel bouillant.

Les autres invités observaient la scène, les yeux écarquillés, une jeune femme, qu'on croyait être la fille de Mme Winterberg, et même Pierre sont enfin parvenus à en avaler une bouchée, puis quelques-uns de ceux qui suivaient ont réussi à en attraper un bout et, comme à un feu rouge où tout le monde se met brusquement à courir dès que quelqu'un fait le premier pas, à partir de cet instant ils se sont tous jetés dessus en se montrant aussi impitoyables que possible, et ils tombaient les uns sur les autres, dégringolaient, toute l'assemblée courait, courait et courait, les talons hauts volaient et on continuait à courir pieds nus, à travers les buissons et dans tous les sens, ils abandonnaient derrière eux le carcan de leur morale, de leurs peurs et de leur anxiété, ils couraient, couraient et couraient après la lumière, certains chutaient, se cognaient les coudes, les genoux, les mains, mais ils riaient comme des illuminés tombant dans les bras de leur Créateur, certains d'entre eux volaient, le vent tirait sur leurs vêtements et leurs cheveux, et ils s'apercevaient à présent qu'ils étaient nus, nus et libres, leur aspiration avait enfin une saveur, et la saveur avait une histoire, et l'histoire un visage, et le visage se tenait derrière le gril et avait des yeux froids, et il subjuguait tout le monde, on avait les jambes en coton en le voyant.

Le problème n'était pas que personne n'écoutait le discours de Valentino, il n'en avait rien à foutre de ces dandys prétentieux, pas un d'entre eux n'hésiterait une seule seconde à lui planter un couteau dans le dos si un autre restaurant le déboulonnait, il savait très bien que presque tous ces connards baveux dans leurs costumes sur mesure, leurs petites robes de cocktail ultramoulantes et leurs maquillages macabres étaient allés au moins une fois au Gaspar quand il était derrière les barreaux. Même s'ils juraient que non sur ce qu'ils avaient de plus cher, personne ne pouvait lui raconter d'histoire, à lui, Valentino, ces lémuriens, à l'époque où il était au trou, ne lui étaient restés plus ou moins fidèles que parce qu'ils savaient qu'il serait un jour de retour sur le ring. Sa colonne vertébrale n'était pas encore tout à fait brisée, il était encore trop tôt pour l'enterrer, on voulait être là quand ce serait la fin pour lui, on voulait être assis au premier rang et suivre le spectacle de ses propres yeux et pas quelque part dans les articles putaclics des réseaux. Ce ne serait qu'une fois le combat terminé, quand Valentino aurait dû officiellement renoncer à sa place de chef de file qu'ils le traîneraient dans la boue et feraient la queue pour pisser sur sa tombe.

Que ces losers l'écoutent ou non, Valentino n'en avait rien à faire. La véritable étincelle qui est tombée dans le breuvage explosif, saturé d'octane très concentré, a été Alisha.

Le Chien lui appartenait et, avec lui, tout ce qu'il cuisinait, elle était là quand il avait touché cette viande pour la première fois, elle avait clairement délimité son territoire. Le filet était né la nuit précédente, quand ils avaient baisé tous les deux dans la chambre froide, elle avait inspiré ce plat au Chien, elle et personne d'autre. Si elle n'intervenait pas maintenant et n'attrapait pas la viande...

Mais ses pensées se sont figées d'un seul coup. Le Chien était à elle. Mais elle était à Valentino. Elle était sa femme.

Elle transpirait de tous les pores de sa peau, elle ne savait pas du tout quel comportement adopter, elle essayait de se rappeler pourquoi on s'était réuni aujourd'hui chez son mari, dans le penthouse, quelle était la raison de la fête, mais en même temps elle avait conscience que, peu importait à quel point l'impression était chère et élégante, l'investissement de la production profond et les recettes exclusives, le nouveau livre de Valentino n'était qu'un exemplaire de plus parmi les épaves flottantes de la littérature culinaire.

Derrière le gril, en revanche, se tenait le véritable Antéchrist, l'incarnation de ce que tous les autres prétendaient être. Il avait l'air sauvage, casse-cou et dangereux, tout le monde le voulait, même la plèbe, la populace, les gens sans goût ni opinions propres l'idolâtraient. Personne ne se risquait plus à émettre une critique sur la présentation de ses assiettes aux allures d'accident, l'euphorie et le respect face à son œuvre étaient devenus un devoir, les plats du Chien étaient sanctifiés, quiconque critiquait sa nourriture se tournait en ridicule et s'avouait coupable.

Mais si elle s'était levée à cet instant pour se jeter dans la lutte autour de la viande, elle aurait pu prendre son sac, rendre la clé de la BMW et ne plus jamais revenir. La vieillesse guettait au prochain tournant, et une vie sans Valentino serait sèche et poussiéreuse, alors elle a fermé les yeux et a essayé de penser à autre chose qu'au Chien et à la viande. Elle ne bougeait pas d'un centimètre et restait absolument immobile sur sa chaise, cependant ce qui se passait en elle était écrit sur son front, et était parfaitement lisible pour Valentino, il pouvait lire chaque mot, chaque lettre sur son front, et lorsqu'il a déchiffré le message, son adrénaline a fini par déborder. Il s'était appliqué vaillamment ces derniers mois, ces dernières semaines, ces dernières minutes à garder le contrôle, mais à présent la digue cédait, la poche des eaux était rompue et une envolée de haine a surgi de lui, toute la tablée s'est mise à couvert.

« Dehors », sa voix sortait difficilement de sa gorge, son larynx était noué et complètement contracté, il arrivait à peine à respirer.

« Dehors », a-t-il croassé à nouveau, mais ce n'était pas mieux la deuxième fois, on aurait pu croire que les veines de son cou avaient éclaté, le sang jaillissant de sa bouche chevauchait ses mots comme Belzébuth.

Valentino a attrapé le Chien par le col et l'a traîné à travers la terrasse du toit. Toute cette situation ne me concernait pas, et j'avais de toute façon les mains occupées si bien que je ne pouvais même pas lever la tête et le regarder dans les yeux, j'étais plongé dans mon travail, j'étais en train de râper du raifort sur du saumon fumé du tsar Nikolaj.

Lily a fermé les yeux et respiré profondément, elle avait longtemps attendu ce moment. Elle a fait un pas de côté et a dégagé le chemin pour que Valentino puisse se débarrasser du sac-poubelle puant avant que la saloperie tombe par terre.

Un homme discret d'âge moyen était assis un peu à l'écart, personne ne l'avait remarqué jusque-là, et on ne s'était pas rendu compte non plus qu'il était le seul à ne pas être venu accompagné et qu'il ne faisait partie d'aucun groupe. Il avait observé tout le manège de loin, et regardait à présent avec curiosité la bataille pour les derniers restes du filet du Chien, un avocat tendait la langue vers l'assiette, il voulait au moins goûter la sauce, la sueur froide et salée du Chien, mais il ne l'a pas atteinte, quelqu'un s'était jeté au-dessus de l'assiette pour la protéger et chassait l'assaillant à coups de pied.

L'homme insignifiant connaissait déjà la cuisine du Chien, il avait dîné peu de temps auparavant à l'El Cion, il était alors installé à la table douze.

« Maria, ma beauté, Richard au téléphone. Comment vas-tu ? roucoulait-il dans son portable dans un français approximatif. Je peux parler à ton mari ? »

Dans une villa en pleine campagne, Maria Oranco, un mannequin un peu âgé qui portait une coiffure en hauteur et un chemisier noir, comme une galeriste distinguée, entrait dans un grand cabinet de travail, le portable à la main. Elle s'était apprêtée pour se rendre à un gala, mais n'était pas encore tout à fait prête, son chemisier était ouvert, sa jupe pendait encore sur l'accoudoir d'un canapé, elle traversait la propriété en collants, s'est dirigée vers son mari et lui a tendu le téléphone.

« C'est pour toi, chéri, c'est Richard », a-t-elle dit en français.

Nido était debout devant un miroir en habit de cérémonie noir et nouait sa cravate, il a saisi le portable.

« Oui ? Richard ? Comment vas-tu ? »

15

Il était tôt le matin. La cuisine était propre et brillante. L'équipe de nettoyage était partie quelques minutes auparavant. Les pianos et les fours étaient encore froids, la porte d'entrée fermée, seule la machine à café soufflait et chuintait, discrète et innocente. Le soleil du matin traversait la salle du restaurant, projetait des ombres claires au milieu de la pièce et s'engouffrait dans la cuisine par la petite lucarne. Le sol était lavé, les postes vides, les cuistots étaient adossés contre les comptoirs de cuisine dans leurs uniformes blanc crayeux d'une pureté éclatante, leur expresso à la main, on faisait craquer ses vertèbres cervicales, on sortait des blagues sur les aides-cuisiniers, on ébouriffait leurs cheveux, on donnait des coups de spatule en bois dans leur direction et on se marrait comme des baleines quand ils se sauvaient en bondissant tels des écureuils, on profitait du calme avant la tempête et on avalait les dernières gouttes de caféine avant de glisser la main dans sa poche de poitrine en demandant qui voulait nous accompagner dehors, on avait encore le temps pour une dernière clope avant que ça commence. Tout était comme avant, mais on avait l'impression d'être dans un autre univers, un univers inconnu, on avait l'impression que rien n'était comme d'habitude.

Personne ne faisait allusion au Chien, pas même d'une seule syllabe. La vie continuait et nous n'avions pas d'autre choix que de prendre acte de la mort de notre camarade, de manière lucide et objective. Lily a tapé dans ses mains, on allait commencer le briefing à présent. Le Chien n'était plus là, il était parti, et il laissait à sa place un vide sinistre.

On avait aujourd'hui une réservation pour neuf personnes à 20 heures, ils avaient commandé le bar et son gratin de pommes, a dit Lily, et je me demandais pourquoi Valentino ne m'avait pas foutu à la porte de l'El Cion, après tout c'était moi qui avais fait entrer le Chien dans le restaurant, c'était moi qui avais introduit le bacille dans la salle d'opération, j'étais le mentor du Chien, j'étais pratiquement son complice : si on jetait le Chien dehors, alors qu'est-ce que je faisais encore là ?

De toute la journée, personne n'a laissé percer que quelque chose ne tournait pas rond, mes frères autour de moi travaillaient à leurs postes comme avant, les légumes étaient râpés, les sauces dégraissées, les fruits cuits étaient écrasés en purée, un nouveau service allait bientôt commencer à l'El Cion, quelques minutes plus tard on a ouvert la barrière, alors le taureau en pleine folie s'est précipité dans l'arène, et le délire a recommencé.

Jusqu'en début de soirée, on s'en est bien tiré, le front restait calme, tout se déroulait comme prévu, le bar était un rêve, et la selle de chevreuil à la mousse d'orange et moutarde fondait sur la langue. Lily était plus aimable que d'habitude avec moi. Nous étions tous les deux les témoins muets d'une chose interdite dont aucun de nous ne parlait.

Plus tard, lorsque les premières boissons fortes ont commencé à être envoyées, Kevin m'a crié à travers la cuisine que le Chien était devant la porte de derrière et qu'il souhaitait me parler.

Je savais que je n'avais rien à craindre, pourtant l'adrénaline m'a traversé jusqu'à la plante des pieds. J'étais en sécurité. J'avais passé mon baptême du feu, l'El Cion m'avait embauché, on appréciait mon travail solide, à l'ancienne et sérieux, peu importe qui m'attendait dans l'ombre de la porte de derrière et voulait me parler, je n'avais rien à craindre, et encore moins de ce cinglé aux yeux toxiques. Et pourtant les hormones de guerre explosaient dans ma tête comme de la nitro dans un carburateur.

Lorsque j'ai franchi l'entrée de service et me suis retrouvé dans la cour, je me suis essuyé les mains sur mon tablier, je suis resté sur la marche supérieure, comme Lily et Said la fois où le Chien et moi on avait débarqué avec un sac d'ortolans, j'ai respiré profondément et j'ai fait comprendre au

Chien que sa présence me mettait une pression morale énorme, à tel point que j'en soupirais.

Le Chien se tenait dans l'obscurité, pas juste devant les marches mais quelques pas plus loin, comme une apparition, au milieu de la cour, là où un comédien tiendrait un monologue sur scène, il se tenait là, les mains dans les poches de son bomber graisseux, ses yeux étaient plongés dans l'ombre, il était à l'affût, sans bouger, et je me demandais si j'étais le seul à pouvoir le voir.

Hé, j'ai appelé, mais le Chien restait muet, il me fixait d'un regard de plomb, paralysant, lourd de reproches. Une moto pétaradait au loin, le grondement de la rue principale glissait le long des façades et se concentrait dans l'air.

Qu'est-ce qu'il se passe, alors, lui ai-je demandé, qu'est-ce que je pourrais bien faire à présent, tu peux me dire ? Mille fois j'avais prévenu le Chien qu'il devait se ressaisir, mais il ne voulait rien entendre, qu'est-ce qu'il venait me pleurer dans les oreilles maintenant ?

Kevin a passé sa tête par l'entrebâillement de la porte et m'a demandé de revenir en cuisine, Lily avait besoin de moi pour le bouillon, j'étais soulagé de pouvoir mettre un terme à ma conversation avec le Chien. Je lui ai promis que je parlerais à Lily, je verrais ce que je peux obtenir, mais qu'il ne se réjouisse pas trop vite, je ne pouvais rien promettre.

La soirée débutait, on était passé à la vitesse supérieure, les rouages s'imbriquaient sans accroc, et nous apportions notre tribut à l'empire tant loué de Valentino. Maintenant que le Chien n'était plus présent, nous nous rendions enfin compte à quel point le hurlement horripilant de son génie était devenu insupportable pour nous tous, comme nous étions heureux que les bombardiers chargés de bombes atomiques soient passés au-dessus de nous sans lâcher leur chargement dévastateur. Les premières commandes de la carte du soir arrivaient au passe, Lily les lisait à tous, sa voix s'effaçait dans le bruit, la vapeur et la fumée de la cuisine.

Au menu il y avait du bar sur croûte d'algues et du civet de sanglier dans une enveloppe de pâte à pain accompagné de citrons vert fumés, et on était complet, comme toujours. La cuisine était en pleine effervescence, et j'étais heureux, j'étais au poste du Chien, je laissais monter les flammes dans les poêles, je faisais passer les ordres avec fierté et précision aux postes subordonnés au mien, j'occupais ma place avec toutes les cellules de mon corps.

Une fois la soirée passée, alors que les fourneaux refroidissaient peu à peu et que les tables étaient dressées pour le lendemain, on avait tiré un trait sur le Chien. Officiellement, et une fois pour toutes, on entrait dans une ère nouvelle.

Sergej est revenu le jour suivant et on l'a accueilli comme un soldat de retour d'une guerre lointaine, il se traînait son bras en écharpe, il allait encore falloir attendre quelques semaines avant qu'il soit de nouveau opérationnel, il voulait juste passer voir et connaître les nouvelles, il avait entendu des histoires dingues, c'est à cet instant que le téléphone a sonné à l'accueil, Jessie, la charmante réceptionniste, a décroché.

« Bonsoir, vous êtes bien à l'El Cion, en quoi puis-je vous aider ? »

Ses yeux se sont écarquillés, puis elle a poursuivi la conversation en anglais.

« Oui. Oui. Oui. Un moment, je vous prie. »

Elle avait perdu d'un seul coup toute son arrogance et sa désinvolture, elle s'est précipitée dans la cuisine, le téléphone à la main.

Pour Valentino, a-t-elle crié dans notre direction.

Lily lui a pris l'appareil des mains.

Oui, j'écoute, puis Lily est passée elle aussi à un ton de voix soumis et s'est mise à parler en anglais, non, elle n'était que la sous-cheffe, pas de problème, demain ? Vendredi ? Bien entendu, oui, évidemment, puis Lily a fait signe à Valentino d'approcher, a mis sur haut-parleur et a demandé à la voix à l'autre bout de la ligne si elle souhaitait parler au chef en personne, il se tenait justement à côté d'elle.

À plusieurs centaines, voire même milliers de kilomètres de là, le nom « El Cion » a été inscrit dans la colonne du vendredi dans un agenda plein à craquer, une femme d'âge moyen était assise devant lui, elle se nommait Annemarie Reichwein, c'était l'assistante de Nido et de Maria Oranco. Elle a secoué la tête en disant que non, ce n'était pas nécessaire, elle appelait uniquement pour convenir d'un rendez-vous, ils atterriraient aux alentours de 16 heures, et elle estimait qu'ils devraient être à l'El Cion au plus tard vers 19 heures, ils seraient au moins cinq personnes, oui, cinq, Nido, sa femme Maria, elle-même et au moins deux autres accompagnateurs, oh, et, une dernière chose, elle comptait sur le fait que ce « Chien », ou quel que soit le nom de ce nouveau cuisinier, soit présent ce vendredi, que ce Chien soit donc en excellente forme et qu'il prépare en personne les plats pour Nido, bon, eh bien merci beaucoup et à vendredi.

En la remerciant et la saluant à son tour au téléphone, Lily courbait le dos comme si elle se prosternait devant quelqu'un, c'était un honneur, merci, merci, au revoir, à vendredi donc, Valentino se tenait à ses côtés, blanc comme un linge. Un sourire effrayé s'est glissé en travers de son visage, une surdose de vitalité toute neuve s'est infiltrée dans ses os, sa peau flétrie et l'éclat mat de ses yeux se sont éclaircis, la panique et la joie se répandaient d'égale manière sous son crâne.

« Demain soir ? a demandé Valentino.

— Oui. Demain soir », a répondu Lily.

Valentino a posé ses yeux sur son empire, tout autour de lui. Il a regardé sa brigade, le chrome et l'inox, les casseroles et les poêles, les fours à chaleur tournante et les hottes, il avait brusquement l'impression de voir tout ça pour la première fois, comme dans le reflet d'un miroir, à la fois complètement nouveau et très familier. C'est à cet instant seulement que tout ce qui s'étendait devant lui prenait sens, il lui semblait que sa vie n'avait été qu'un exercice jusqu'à ce jour, une préparation, une seule et même mise en place ayant duré des dizaines d'années, et puis soudain, un jeudi soir, quelques heures avant que le fournisseur de poissons débarque avec sa cargaison en retard de patelles et de crabes royaux, la plus haute instance de la scène culinaire internationale avait appelé chez lui et réservé pour demain soir. Il a aperçu son reflet dans la hotte qui avait été polie au-dessus du poste du rôtisseur, et a vu d'un seul coup à quel point il avait vieilli, toutes ces années au cours desquelles il avait essayé de faire tourner la boutique, il avait parlé, et encore parlé devant Alisha ou d'autres femmes comme si sa vie en dépendait, il s'était plongé dans la poudre blanche comme sous une couverture froide et protectrice, toutes ces années au cours desquelles il s'était réveillé la nuit en criant, il voyait dans son visage celui d'un crapaud en train de s'amollir dans une casserole d'eau bouillonnante, essayant de bondir, de faire un unique saut élégant vers la liberté, mais qui n'arrivait plus à bouger les jambes car il était déjà trop tard, car les nerfs dans les cuisses étaient déjà cuits et son esprit ne les percevait plus.

Toutes ces années remontaient infiniment loin tout à coup, et il se sentait vieux. Il voyait que Lily avait toujours été à ses côtés et que c'était une pauvre âme et une fille bien. Il lui a tapoté l'épaule. C'était un geste affectueux qu'on ne l'avait encore jamais vu faire, et qu'on ne reverrait plus non plus de sitôt. Lily n'a absolument rien laissé paraître, mais plus tard dans la nuit, après avoir fermé à double tour la porte des chiottes derrière elle, elle a éclaté en sanglots au point d'avoir les épaules secouées de tremblements.

« Qu'on se remette au travail, a dit Valentino.

— Qu'est-ce qu'on fait avec le Chien ? », a demandé Lily.

Hmm, a fait Valentino, et il a réfléchi, et son nez le démangeait. Hmm, a-t-il fait encore une fois, et puis il a murmuré d'un air songeur : « Le Chien, le Chien… »

Et puis il a levé la tête, et lorsque ses yeux m'ont trouvé, il m'a demandé où se cachait donc le pouilleux, s'il n'avait pas compris que, quand il l'avait viré l'autre fois, au penthouse, c'était juste pour lui servir de leçon. Le Chien n'avait pas à jouer la sale chochotte hypersensible, et puis Valentino a de nouveau demandé si quelqu'un l'avait vu et où pouvait bien se planquer ce petit merdeux, et que c'était quand même pas possible un truc pareil.

J'ai répondu que je ne savais pas. Que je n'avais pas vu le Chien depuis l'autre jour au penthouse, et que je n'avais pas non plus son numéro de téléphone.

Et pourquoi je n'avais pas son putain de numéro ?, a beuglé Valentino. Et la pression dans sa bouilloire recommençait peu à peu à monter.

Le Chien n'avait pas de portable, il n'avait jamais eu de portable, me suis-je expliqué.

Valentino a marmonné quelque chose d'inintelligible, on n'arrivait pas tout à fait à comprendre, mais on aurait dit qu'il ne traitait pas seulement le Chien mais nous tous de gigolos incapables, et qu'on ferait mieux d'aller se faire foutre, et puis c'est là que je suis intervenu, j'aurais aimé ne pas avoir dit ce que j'ai dit à ce moment-là, je pouvais carrément me voir moi-même en train de bouger les lèvres et former des mots avant de les laisser s'échapper de moi.

« Excusez-moi, je ne sais pas si vous le savez, Chef, mais toutes les recettes et la façon de cuisiner, c'est de moi que le Chien les tient. C'est moi qui lui ai enseigné la cuisine et, si vous le permettez, je vous montrerai un plat que vous ne connaissez pas encore. Je l'avais appris au Chien avant qu'on commence tous les deux ici. Je n'avais pas encore eu l'occasion de le montrer jusqu'à présent, ce n'est pas non plus très important pour moi, je ne veux pas me mettre en avant, mais si vous voulez je peux vous proposer quelque chose, je peux ? »

Valentino m'avait écouté d'un air maussade, puis il s'est tourné vers Lily et de nouveau vers moi.

Comment je m'appelais, déjà ?, m'a demandé Valentino.

Mo, j'ai répondu.

Mo, exact, Mo, a dit Valentino.

16

Quelques garçons de cuisine sortaient du Gaspar, ils avaient tout laissé en plan, la crème brûlée, le civet de biche, les raviolis faits à la main aussi bien que les clients dans la salle qui les avaient commandés, tout ça devait attendre, ils s'étaient tous précipités à la porte de derrière de la cuisine, personne ne voulait rater ça. Même Claude, le sous-chef du Gaspar, avait retiré la poêle du feu et chargé un commis de veiller à ce que la sauce béarnaise ne rende pas l'âme avant son retour, et s'était dépêché de rejoindre les autres.

Et c'était vrai. Il était là et brillait comme un serpent prêt à attaquer, ses mains étaient enfouies dans les poches de son bomber graisseux. Les cuisiniers du Gaspar se sont plantés devant lui, le Chien fixait le larynx de Claude et se taisait.

Qu'est-ce qu'il y avait, il réclamait encore quelques coups sur la gueule, ça ne lui avait pas suffi la dernière fois, dans la rue ?, a demandé Claude. Et puis il a fait volte-face vers la cuisine et a crié à Viktor de venir et de voir qui venait leur rendre visite, et il s'est retourné vers le Chien.

Ça allait faire plaisir à Viktor, le Chien lui avait pété trois dents la dernière fois, dans la rue, est-ce qu'il était venu pour casser les dents qui lui restaient ? Parce que, en fait, le moment était très bien choisi, encore un instant, Viktor n'allait pas tarder, ç'allait bientôt commencer.

Le Chien a secoué la tête.

Non ? Alors pourquoi il était ici ? Il avait changé d'avis finalement ? Il voulait travailler là ?

Le Chien a hoché la tête.

À cet instant, Viktor est sorti de la cuisine, à peine avait-il aperçu le Chien qu'il voulait se jeter sur lui, mais Claude l'a retenu.

Viktor crachait sa bile et montrait ses dents manquantes, un jour il allait le lui faire payer, le Chien pouvait en être sûr.

Claude a renvoyé Viktor en cuisine, il réglerait ça sans lui, puis il a inspecté l'arrière-cour d'un coup d'œil, pour s'assurer que ce n'était pas un piège, à tout moment les cuistots de l'El Cion auraient pu bondir de derrière les poubelles, ces pauvres types en auraient bien été capables, ils n'avaient rien d'autre à faire. Mais ils étaient seuls dans l'arrière-cour, il n'y avait pas un chat à la ronde. Claude a posé doucement son bras autour du cou du Chien comme s'il voulait gagner sa confiance, comme s'il voulait attacher un licol à un cheval sauvage et enfermer le Chien dans une cage, avec précaution et des mots doux, afin qu'il n'ait pas un brusque accès de folie et morde quelqu'un à la gorge.

Et pourquoi pas tout de suite, lui a demandé Claude, quel besoin avaient-ils tous de se mettre des raclées avant de devenir amis ? C'était incroyable, qu'il rentre donc, est-ce qu'il voulait un café ? La porte s'est refermée derrière le Chien avec fracas.

Gaspar, le chef du restaurant était un homme de petite taille, avec une calvitie et des lunettes, il ressemblait plutôt à un comptable sous speed qu'à un cuisinier renommé. Contrairement à l'El Cion, les cuisiniers du Gaspar portaient des uniformes noirs, tout l'aménagement était japonisant, une ambiance zen rouge et noir flottait dans l'air.

Valentino s'arrachait les cheveux, il était dans un état épouvantable, ses yeux étaient écarlates, son nez coulait, il n'arrêtait pas de ravaler ses glaires au goût de vernis à ongles au fond de sa gorge tandis que ses cuistots filaient dans tous les sens derrière lui.

Je faisais tout exactement comme le Chien autrefois dans le snack de Vaslav, je me disais qu'on pourrait servir ce petit arrangement en entrée, comme une provocation légère et osée qui donnerait envie de découvrir les plats suivants.

Le pain blanc trempé dans la Belvedere était maintenant chauffé à feu doux, le gril avait dessiné des lignes brun foncé croustillantes en travers de la tranche, des tomates fraîches, coupées en dés avec précision et assaisonnées de poivre de Sichuan et d'Aji Charapita, étaient déposées dessus. Une composition élégante s'étirait sur mon assiette, pour finir j'ai saupoudré sur mon plat le tabac torréfié.

Ensuite, tout le monde s'est penché sur l'assiette d'un air méfiant, c'était ça, la recette du Chien ?

Oui, et j'ai expliqué que c'était moi qui l'avais apprise au Chien, c'était un plat phare de l'Aist, à l'époque, en 1991.

L'assiette entière avec les restes de bruschetta a volé dans le coin, les éclats de porcelaine sont retombés en pluie sur nous, comme une bombe à fragmentation, Valentino a recraché ce qu'il avait en bouche et chassé les miettes de tabac sur sa langue.

Kevin et le commis dont je n'arrivais jamais à me rappeler le nom ont essayé de me barrer l'accès à la porte, mais j'ai réussi à me dégager et à m'enfuir, je ne sais pas comment, avant que Valentino puisse m'infliger des douleurs sévères. C'est seulement quelques rues plus tard que je me suis adossé à une façade et ai attendu de reprendre mon souffle.

Les cuisiniers de la brigade du Gaspar examinaient le Chien de près. Même ceux d'un rang inférieur, les commis et les aides de cuisine, les plongeurs et les apprentis, les jeunes qui n'avaient pas le droit de quitter leur poste sans raison n'arrêtaient pas de le regarder à la dérobée. Le fait qu'il ait mis les pieds au Gaspar était un message politique clair.

Ce qu'on faisait après le travail, ça ne le regardait pas, a dit Gaspar. Pendant son temps libre, on pouvait bien se foutre sur la gueule jusqu'à ressembler à un beignet à la vapeur, il n'en avait absolument rien à faire, la seule chose qui l'intéressait, c'était ce qu'on mettait dans l'assiette et ce qui franchissait le passe, le reste lui était égal.

Il a laissé un temps ses mots résonner, le Chien ne bougeait pas d'un millimètre, il continuait de regarder le cou de Gaspar sans rien dire.

« Et ce qui m'intéresse aussi, a-t-il dit au Chien, c'est de savoir si tu es aussi phénoménal qu'on le dit, ou si tout ça n'est encore qu'un buzz de Valentino gonflé par les médias. »

Je sillonnais la ville en voiture. Alisha était furieuse que je l'appelle sur son portable, elle voulait savoir d'où j'avais son numéro ; lorsque j'ai répondu : « Par Tatjana », elle s'est fâchée, et quand je lui ai demandé si elle savait où le Chien se cachait et s'il avait essayé de prendre contact avec elle, elle nous a engueulés, Valentino et moi, en disant qu'on était incapables de traiter un talent comme le Chien à sa juste valeur, et que c'était typique de Valentino d'avoir jeté le Chien à la porte du penthouse, et qu'on était tous une horde d'idiots gâteux finis. Et puis elle a raccroché.

J'ai essayé de forcer la porte de l'appartement du Chien, en deux coups de pied elle était ouverte, un studio dans un immeuble récent des années 1960, un vieux matelas était étendu par terre, quelques vêtements à ses pieds, à part ça il n'y avait aucun meuble, aucune table, aucune chaise, aucune photo aux murs, j'ai tiré le rideau de douche, je voulais voir si le Chien ne s'était pas caché derrière, par hasard. La panique est montée de ma nuque et s'est déployée sous ma boîte crânienne, puis une idée terrifiante m'est venue et j'ai su tout à coup où le Chien était parti traîner.

Il leur était tombé tout cuit dans le bec comme un fruit mûr, ils n'avaient même pas eu besoin de se baisser pour le récupérer, il avait de lui-même frappé à leur porte. Ils l'entouraient tous, comme une famille nombreuse de mouches autour d'un tas de merde, Claude avait posé son bras sur ses épaules comme si c'était son propre frère. Accompagnés de quelques serveuses, ils sortaient du Gaspar et se mettaient en chemin vers un club ou un bar. Tout le monde était de bonne humeur, ils souriaient comme des idiots et sautaient autour du Chien, telles des demoiselles d'honneur autour d'un couple fraîchement marié.

Dans la rue, ça sentait l'après-rasage et le gloss à la cerise, c'était le week-end, les gens s'étaient mis sur leur trente et un et avaient refait leur vernis, on riait, on flirtait, on engloutissait la vie sans la mâcher, et on remerciait le Seigneur à genoux d'être encore jeunes. Les fils d'universitaires étaient assis sur les capots de voitures comme les fils d'ouvriers, les jambes écartées, et les prolos faisaient tourner les mèmes qu'ils avaient faits eux-mêmes accompagnés de citations philosophiques, plus tard on irait dans ce club-ci ou celui-là, dans tel club ils avaient une nouvelle sono, les basses étaient terribles et on connaissait Steve, le videur, on vérifierait à l'entrée si ça passe. Ça faisait longtemps que je ne m'étais pas retrouvé au milieu de civils, de gens qui n'avaient encore jamais été dans la cuisine d'un restaurant, d'enfants qui pensaient que « Hors-d'œuvre » était un titre des Daft Punk, qui croyaient sérieusement que le kebab dans leur main était quelque chose de tout à fait mangeable. Aucun d'eux n'avait idée de ce qui se passait à l'El Cion, aucun d'eux n'avait déjà entendu parler de Nido, dans leur ignorance ils auraient écarté Valentino si jamais il s'était trouvé dans le cadre de leur selfie. C'était des civils, des rebuts bêtes à manger du foin.

J'ai baissé la vitre côté passager et je roulais au pas de la brigade du Gaspar, à hauteur d'yeux, mais c'était impossible d'aborder le Chien au milieu de ses nouveaux amis sans se faire remarquer. Ils attendaient quelque chose ou quelqu'un devant le club, j'avais garé la voiture, un idiot a donné des coups de klaxon derrière moi, les gars du Gaspar ont bien failli me remarquer, j'étais à deux doigts de descendre et d'en coller une sévère au conducteur derrière moi.

Claude a échangé quelques mots avec le videur et toute la bande a pu entrer dans le club sans faire la queue. Au dernier moment, avant que le Chien disparaisse lui aussi derrière la lourde porte d'entrée, je l'ai appelé, une serveuse du Gaspar était accrochée à son épaule, il s'est retourné et m'a vu assis dans la voiture. Lorsqu'il s'est éloigné de la lueur blafarde des néons devant le club et est entré dans la lumière claire de la rue, qu'il a marché lentement jusqu'à moi et s'est penché à la fenêtre côté passager, j'ai vu son visage, il était tellement grave, il avait vieilli de plusieurs années, il se découpait comme une tache sombre sur les étoiles scintillantes de l'éclairage public.

« Monte », lui ai-je proposé.

Le Chien a haussé les sourcils et m'a interrogé du regard.

« S'il te plaît, c'est Valentino qui m'envoie, il a dit qu'il était désolé, je dois venir te chercher. »

Claude était à la porte du club et attendait comme un instituteur en voyage scolaire que tous ses agneaux soient entrés, en sécurité et à l'abri, dans le bouge minable derrière lui. Lorsqu'il s'est rendu compte que le Chien manquait à l'appel, il a regardé autour de lui d'un air affolé, et puis il l'a repéré à côté de ma voiture, et ensuite il m'a vu, alors il a appelé deux gars de la brigade en les sifflant et il s'est dirigé vers nous, maintenant tout devait aller vite, j'ai rappelé au Chien notre amitié, je lui ai rappelé le soutien que je lui avais apporté dans le snack de Vaslav, et je lui ai expliqué que le Gaspar était une lamentable bande de lèche-cul, mais je n'ai pas pu finir ma phrase, Claude et ses deux cuistots étaient arrivés jusqu'à ma voiture, la foule d'oiseaux de nuit affluait à côté d'eux, de part et d'autre, des petites robes de toutes les couleurs, des baskets fluo, partout des ados qui faisaient comme si cette soirée était vraiment spéciale, comme s'ils n'avaient encore jamais rien vécu de plus cool, on coiffait de nouveau ses cheveux comme Marusha, les semelles des baskets étaient aussi épaisses que dans les années 1990, personne ne se doutait qu'il allait bientôt y avoir un bain de sang ici.

« Mais qui avons-nous là ? »

Claude a poussé le Chien de côté, il a regardé à l'intérieur de ma voiture et fixé ses yeux dans les miens. Je n'ai pas répondu, il voyait bien lui-même qui nous avions là ; son coup de pied dans mes côtes, je le sentais encore chaque fois que je voulais m'appuyer quelque part, pourquoi il demandait qui on avait là, comme un handicapé, c'était moi, qui d'autre.

« Ton copain est à nous maintenant, a dit Claude. Si tu veux quelque chose de lui, il faut d'abord me demander à moi. Je crois que tu as déjà entendu cette phrase quelque part. »

Claude commençait à s'énerver tout seul, il n'allait pas tarder à vouloir voir le sang couler, j'ai essayé de réfléchir plus vite, un camion était garé juste devant moi avec la rampe de chargement descendue, mettre les gaz et se casser n'était pas une option, et maintenant un autre cuisinier du Gaspar se tenait à côté de moi, à la portière du conducteur.

« Je dois parler au Chien. Seul. S'il vous plaît », j'ai dit.

Claude a grimacé un sourire.

« Ah oui ? Vraiment ? »

Il a tapé sur le toit de la voiture.

« Et pourquoi je devrais te laisser parler avec un de mes cuisiniers ? Est-ce qu'il y a quelque chose que je ne dois pas entendre ? »

Il a posé sa main sur l'épaule du Chien.

« Ce garçon, on va le poster juste devant, face au passe. On va le laisser cuisiner, nous. Juste devant. »

À l'El Cion, on entrait dans les dernières heures avant l'arrivée de Nido et de sa meute. Les yeux de Lily luisaient. Elle était au mieux de sa forme. Valentino parcourait les allées comme s'il marchait sur des œufs, plus d'une fois sa jambe droite s'est dérobée.

À l'aéroport, Nido, Maria Oranco et Annemarie Reichwein passaient la douane, le testeur de la table douze et sa femme attendaient dehors avec le service de transport, personne ne prononçait le moindre mot, ils ne le faisaient jamais. Aucun d'eux ne comprenait le sens de l'humour, encore moins Nido, tout avait déjà été dit depuis des années, et les bavardages stériles étaient malvenus et dépassés. Ils faisaient comprendre sans rien dire qu'ils étaient énervés par le voyage passé au milieu d'individus inférieurs, à la vie sans valeur, et par les rebuts génétiques qui avalaient les plateaux-repas en avion et applaudissaient à l'atterrissage. Puis Annemarie Reichwein s'est installée aux côtés de Nido et Maria sur la banquette arrière, le testeur est monté avec sa femme dans le deuxième véhicule. Annemarie Reichwein a claqué la porte derrière elle et ils sont partis, pouvait-on éteindre la radio, je vous prie, merci.

Je suis descendu de la voiture, doucement, je me suis rendu à l'arrière en évitant tout mouvement brusque, et j'ai ouvert le coffre, j'ai sorti mon set de couteaux emballé, j'ai déplié le tissu et j'ai montré à Claude le couteau Tsukasa, je le lui ai tendu en gage, il l'a pris en main et a hoché la tête en signe d'approbation.

À qui j'avais volé ça ?, voulait-il savoir.

Acier Shirogami, trente-deux couches, ai-je répondu.

Oui, oui, a dit Claude, il savait bien ce que c'était comme couteau, mais il voulait savoir à qui je l'avais volé. Il a fini par piger que je n'avais pas de réponse à donner à cette question, et après un moment qui a semblé durer un siècle, il a empoché le couteau. Pourquoi il acceptait le deal, je n'en avais aucune idée, mais il a pressé le couteau enveloppé dans la main de Viktor, sans rien dire, a posté ce dernier quelques mètres plus loin pour nous surveiller, m'a jeté un regard qui en disait long, et a laissé le Chien monter dans ma voiture. J'ai fait signe à Viktor de ne pas flipper, j'ai retiré les mains du volant et les ai gardées en l'air de manière à ce qu'ils puissent les voir à distance.

17

Il était désolé, mon garçon, il était affreusement désolé, on savait ce que c'était, le stress, la pression, et parfois le ton montait, quand il l'avait viré, il ne le pensait pas sérieusement, il fallait passer l'éponge. Puis Valentino a donné au Chien un coup sur le bras, comme s'il voulait lui remboîter l'articulation de l'épaule, ensuite il a fait un grand geste, il voulait que le Chien voie que faire des excuses publiques ne lui posait aucun problème. Les cuisiniers de la brigade se tenaient respectueusement à distance, dès que le Chien et moi étions réapparus en cuisine, ils avaient fait un pas de côté, comme s'ils étaient sur le chemin d'un boxeur en marche vers le ring. Comme si le Chien avait partagé les cuisiniers en deux, tel Moïse fendant la mer.

Ça ne plaisait pas à Lily, ça ne lui plaisait pas du tout. Elle s'était faite à l'idée qu'on s'était enfin débarrassé du Chien. Elle pensait qu'on arriverait à s'en sortir d'une manière ou d'une autre, pour la soirée avec Nido, même sans lui, finalement c'est ce qu'on avait fait toutes les années précédentes. Même si Nido était intoxiqué par un poisson et devait, à bout de forces, sortir de l'établissement à quatre pattes, ça n'aurait pas été la fin du monde non plus. Valentino aurait dû traverser une période difficile. Il aurait sans doute dû perdre une étoile l'année suivante, toute la ville aurait entendu les bouchons de champagne sauter chez Gaspar pendant des semaines, mais un jour la vie aurait repris son cours, et sa cuisine, sa famille, son foyer à elle aurait été en sécurité, le virus dans le sang aurait été éradiqué une fois pour toutes.

Je n'avais pas seulement fait entrer le Chien dans l'El Cion la première fois, avec un sac d'ortolans à moitié morts, je l'avais aussi ramené maintenant, après que Valentino l'avait chassé de ses propres mains. C'était insupportable pour Lily de voir son chef être à deux doigts de transmettre son sceptre à un fou, à quelqu'un contre qui la Vierge Marie l'avait toujours mise en garde. Elle se disait qu'il fallait vraiment avoir de la merde dans les yeux pour ne pas se rendre compte que le Chien était le diable, et elle se demandait si elle était la seule parmi nous à avoir regardé le Chien dans les yeux, elle s'est cramponnée d'une main au comptoir de cuisine et a fait un large détour pour l'éviter, afin que l'armée de puces extrêmement toxiques sur son pelage ne puisse pas sauter sur elle.

Derrière elle, la meute s'emballait comme une turbine sifflante. Nido serait bientôt là. Le briefing était terminé depuis longtemps. L'El Cion avait levé l'ancre pour livrer sa dernière bataille, le personnel en salle avait mis à la porte l'ensemble des clients, les tables étaient débarrassées, les dernières additions avaient été offertes par la maison.

Il pouvait tout cuisiner, tout ce qu'il voulait, a dit Valentino, le souffle court.

Le Chien ne sortait pas un son. Il ne semblait pas en mesure d'imaginer ce que représentait la visite de Nido, il essayait de piger pourquoi un jour on le jetait de la cuisine dans le déshonneur, et le lendemain on tombait à genoux devant lui comme si c'était le Messie, et il tentait de deviner pourquoi cet homme qu'ils appelaient Valentino était aussi nerveux et désespéré. Les secondes s'écoulaient, plus visqueuses que du miel. Son regard vagabondait à travers la cuisine et examinait chaque coin à la recherche d'un piège.

Jusqu'à présent, personne n'avait réalisé que le Chien n'avait encore jamais imaginé un plat lui-même. Il n'était jamais entré dans la cuisine en ayant déjà une vision personnelle. Quand il cuisinait quelque chose, il mélangeait uniquement ce qui se trouvait autour de lui. À partir des quelques garnitures pitoyables dans le snack de Vaslav et d'un paquet de cigarettes à moitié vide, il avait préparé la seule chose qui, selon lui, avait un sens, Valentino lui avait dicté en personne les ingrédients pour la salade d'Alisha, et le flétan pour le testeur de la table douze n'avait été, au fond, qu'un simple filet de poisson, on pouvait compter les assaisonnements sur trois doigts et ils étaient à portée de main. À présent, Valentino lui offrait son arsenal complet d'épices, d'ingrédients, de garnitures, la volaille, le poisson et la viande de premier choix, toute sa cuisine ainsi que la chambre froide. Autant demander au Chien de choisir son grain de sable préféré dans un désert.

Puis le téléphone a sonné, Lily a décroché, c'était Annemarie Reichwein, l'assistante de Nido, ils étaient déjà à l'hôtel, ils arriveraient à l'El Cion dans deux heures, et les événements se sont précipités, le reste a sombré dans une soupe de hurlements et de désespoir et de mégalomanie et de peur. Valentino claquait dans ses mains et gueulait. Lily frappait les commis, encore et encore, à en avoir la chair de poule, et elle ne quittait pas le Chien des yeux une seule seconde. Said et Kevin couraient comme si leur vie en dépendait et dressaient la mise en place tout autour du Chien. Les assaisonnements et les ingrédients sucrés étaient disposés à gauche, les salés, à droite, et toutes les épices fortes, au bout de l'espace de travail.

Valentino avait décidé de commencer par une entrée nordique, chatons de bouleau et feuilles de trèfle confits sur mousse de cidre froide. Le premier plat était volontairement léger. Au deuxième, en revanche, il voulait s'incliner respectueusement devant le palais français, la cuisine arabe, les influences algériennes et le soleil de la Méditerranée. Son hommage devait être compris comme un acte d'humilité réelle, mais en même temps comme une provocation, un petit coup de pied espiègle dans les valseuses. Valentino misait tout sur une seule carte. Il partait du principe que le plat du Chien s'apparenterait à un accord puissant, monumental, un coup violent dans les gencives, cependant il devait aussi s'attendre à ce qu'il comporte une quantité de nourriture inférieure à celle qu'il souhaiterait, c'est pourquoi il voulait rassasier les hôtes avant d'apporter le dernier plat, la création du Chien.

Je ne savais pas si c'était les interminables nuits sans sommeil, la toxicité omniprésente, les boissons fortes très alcoolisées, mais je me rendais compte que mon corps lâchait. C'était peut-être dû aussi au choc. Tout à l'heure, quand le camion devant moi avait relevé sa rampe de chargement et que j'avais mis les gaz, Viktor avait bondi sur la voiture comme un idiot, et je n'avais pas attaché ma ceinture.

Je me rappelle encore le sifflement des néons, fort et distinct, je me rappelle encore le chuintement très aigu des flammes de gaz, et je me rappelle encore avoir été pris d'un étourdissement, tout ce qui s'est passé ensuite, je ne l'ai pas vécu directement, on aurait dit qu'on me l'avait chuchoté à l'oreille à mi-voix, comme si tout ça n'était rien d'autre qu'une rumeur qui n'avait plus rien à voir avec moi personnellement, une rumeur que je ne connaissais que par ouï-dire.

J'ai un souvenir obscur de discussions sans fin sur ce que le Chien allait bien vouloir cuisiner. Il restait debout sans bouger et attendait et, comme toujours, n'émettait pas un son, et lorsqu'il a enfin parlé, personne n'a compris ce qu'il a dit, il ne fallait plus compter sur moi pour jouer les interprètes, des bribes de mots égarés voletaient autour de moi, et les cuisiniers de l'El Cion ont fini par comprendre ce que le Chien voulait : c'était les crapauds dorés qui lui avaient tapé dans l'œil.

Depuis la nuit où l'on avait réussi le coup avec les oiseaux, ces créatures avaient dû traîner dans sa tête comme une idée fixe. Personne ne l'avait écouté quand il racontait sans cesse qu'il voulait les capturer et les cuisiner, maintenant qu'il avait les rênes en main, il semblait ne pas vouloir commencer quoi que ce soit avant qu'on ne lui rapporte en cuisine au moins une de ces bêtes de l'aquarium.

Est-ce que tout ça n'avait été qu'un rêve ou étais-je vraiment retourné frapper à la porte de ma cousine, à la douane, et avais-je vu, dans le hurlement assourdissant de l'alarme, la vitre de l'aquarium se briser, l'eau arracher nos pieds au sol, entendu un cri résonner comme dans une forêt vierge, n'était-ce qu'un rêve fiévreux, je ne sais plus, mon pantalon trempé et les éclats de verre dans mes chaussettes pouvaient tout aussi bien venir de bris de vaisselle et d'une transpiration liée à l'angoisse.

En revanche, j'ai vu très distinctement Lily devant moi et un flot de prières muettes jaillir de ses lèvres, et j'ai entendu le téléphone sonner et Annemarie Reichwein dire qu'ils venaient de monter dans le taxi, et j'ai vu très clairement à cet instant la panique se répandre comme dans un poulailler, le soufflé s'effondrait, l'huile de sésame chauffait beaucoup trop tôt, la mousse de cidre collait, on a ouvert la porte principale et Nido et Maria Oranco, sa femme et muse, suivis d'une poignée de courtisans, se sont glissés lentement à l'intérieur de l'El Cion.

Nido avait des yeux qui semblaient ne pas avoir de paupières, les traits de son visage étaient raffinés, sa peau était nue, lisse et brillante comme celle d'un lézard, et Maria Oranco elle-même faisait penser à un cobra silencieux, tous deux avaient l'aura de personnes qui n'agissaient plus tout à fait eux-mêmes, mais qui n'avaient qu'à laisser les choses autour d'eux s'accomplir au gré de leurs envies. Ils rampaient sur le sol sans cligner des yeux, et Nido ne prenait pas la peine de cacher qu'il ne nourrissait pas spécialement de grands espoirs quant à cette soirée.

Valentino offrait une image pitoyable. Le dos courbé, il conduisait le petit groupe à sa table. Jamais auparavant l'un de nous ne l'avait vu aussi servile et flagorneur que cette nuit-là, c'était difficile à supporter.

Et puis Alisha et Tatjana ont fait irruption dans l'arène, elles étaient attifées et nerveuses, le maquillage d'Alisha était tellement outrancier qu'on aurait pu croire qu'elle devait monter sur scène le soir même.

On s'est assis. On s'éclaircissait la gorge. On déplaçait sa chaise à gauche, puis à droite. On regardait autour de soi. La gifle infligée par Nido à Valentino en l'ayant ignoré toutes ces années avec insistance et obstination planait, pesante, dans la pièce. On avançait son verre de quelques millimètres, puis on le remettait à sa place.

Le siège de Valentino était vide.

« Mouton Rothschild. 1945 », a-t-il dit, il a servi la tablée et a levé son verre, toujours debout.

Nido et le reste l'ont imité, puis ils ont trinqué. Cling ! Ils n'ont pas parlé beaucoup, en réalité ils n'ont pas parlé du tout. Pas un mot.

Même en cuisine il régnait un silence de mort. Les cuisiniers se glissaient ici et là comme des fantômes.

Romanov m'a demandé si tout allait bien et m'a tendu une vodka pour que je puisse encore tenir cette nuit.

Lorsque le premier plat a quitté la cuisine, Valentino courait à côté des assiettes et réarrangeait les feuilles de bouleau alors qu'elles avaient franchi le passe depuis longtemps.

Afin de ne pas perdre l'équilibre, je me suis plongé dans mon travail. J'occupais le poste d'entremétier et hachais les aromates comme si c'était une question de vie ou de mort. J'essayais de me concentrer sur ma respiration. C'est alors que j'ai senti la vodka de Romanov, ou quoi que ce soit qu'il ait pu verser dans le verre, me labourer les veines et laisser derrière elle une tranchée atroce, et mon rythme cardiaque est enfin redescendu d'un coup.

Dehors, sous les fenêtres de la cuisine, la vie des hommes insouciants et innocents s'écoulait sans bruit. Les premiers réverbères s'allumaient sur le boulevard. Les voitures passaient, dans un sens ou dans l'autre, discrètement et en silence, et les gens allaient et venaient, personne ne se doutait de ce qui se jouait cette nuit ici, chez nous, dans ce restaurant.

Alors que le monde se reconstituait peu à peu sous mes yeux comme un puzzle, j'ai vu que le Chien avait disposé un plat blanc sur la cuisinière. Le feu rugissait sous la porcelaine, et le Chien remuait et piquait dans l'eau en train de chauffer. Kevin, Said, Romanov et quelques autres cuistots se tenaient autour de lui, à bonne distance, ils les observaient, lui et le plat, on aurait dit qu'ils s'attendaient à voir quelque chose sauter à tout moment, une fusée de poche, un claque-doigt ou quelque chose de vivant. Je n'arrivais pas à voir ce que le Chien trafiquait et ce qui se cachait dans l'eau, ma vue était trouble, ma langue pâteuse. Le Chien mélangeait et mélangeait, et une légère vapeur blanche montait et s'empêtrait dans ses cheveux, il fermait les yeux et aspirait la moiteur dans ses poumons, personne n'osait faire le moindre mouvement, et Lily semblait ne plus pouvoir maîtriser sa panique.

Le Chien avait atteint son but, sans rien dire et avec acharnement. La plus haute instance de la scène culinaire internationale avait fait le voyage pour lui, et était assise à quelques mètres seulement dans la salle du restaurant, de l'autre côté du passe, et attendait son œuvre.

Et le Chien faisait bouillir de l'eau.

De l'eau simple, pure, claire, transparente.

Il avait rempli de l'eau du robinet dans un plat qu'il avait essuyé avec du papier sec. Pas le moindre soupçon d'un goût étranger n'avait pu s'accrocher à la porcelaine lisse. Puis il avait insisté pour qu'on lui donne une spatule en bois encore vierge pour remuer.

Et maintenant il faisait bouillir de l'eau.

Son art s'était à présent tellement réduit et distillé en un concentré qu'il n'utilisait même plus d'assaisonnements pour cuisiner. Sel, poivre, échalotes, safran ou paprika, cardamome, menthe et sauge, à aucun moment il n'avait touché à un seul de tous les ingrédients raffinés alignés à côté de lui. Il faisait bouillir de l'eau, et il la faisait bouillir avec ardeur et précision, comme s'il voulait attendre un instant précis, un moment, la fraction de seconde exacte avant que l'eau attache le fond du plat.

Tout ce qui s'était passé jusque-là, la fuite de son trou, son voyage en ville, ses premiers pas dans le snack, les premières compositions et l'entrée à l'El Cion, tout avait conduit à cet instant précis où il arrachait nos fringues et nous chassait dehors, dans les habits neufs de l'empereur. Il était trop tard maintenant, personne n'osait plus lever le doigt, remettre en question son art et faire remarquer que ce n'était que de l'eau. Juste de l'eau.

La seule chose qui nous était permise était des regards perplexes, on sentait que la fin était proche et que l'achèvement de la dernière œuvre du Chien était imminent. On se demandait comment on pourrait s'y prendre pour goûter une goutte de son eau. On se rapprochait pour au moins respirer un peu de la vapeur qu'elle dégageait.

Le Chien était un farceur, un type qui nous arrachait les ailes comme si nous étions des mouches, juste pour nous voir nous cogner les uns contre les autres, affolés. Rien de ce qu'il faisait n'avait de sens. Le fait que sa nourriture nous ait fait perdre la raison ne semblait même pas l'amuser.

Ce qu'il faisait était précieux.

Ce qu'il cuisinait était divin.

Cette fois-là, lorsque j'ai eu pour la première fois l'occasion de goûter son génie, cette fois-là, dans le snack de Vaslav, lorsque les miettes de tabac se sont dissoutes dans ma bouche, j'ai attiré l'attention de quelque chose. Jusqu'à cet instant, je passais inaperçu, j'étais anonyme, un type parmi tant d'autres, mais, à cette seconde précise, quelque chose s'était retourné vers moi et m'avait observé avec étonnement. J'étais debout derrière une saillie de mur et j'étais entièrement habillé de blanc, tout était plongé dans l'obscurité, seule une petite lumière chaude tressaillait nerveusement dans la pièce et vacillait sur mon visage. Des hommes étaient assis à table, leurs traits étaient figés et impressionnants comme ceux de reptiles. Leurs regards fixes et froids, et leurs larges bouches sans lèvres gelées en un sourire inhumain. Une tribu de cannibales d'airain qui se ruaient sur la nourriture comme des divinités glaçantes, broutant en silence jusqu'à ce que l'un d'eux remarque ma présence. Il s'est retourné et m'a regardé, et les autres ont fait de même. Je savais que ça faisait une éternité qu'ils étaient assis là, à table, et qu'ils le seraient toujours. Ils me fixaient du regard, moi, le trouble-fête qui osait les déranger pendant qu'ils se restauraient. Ils me fixaient comme des animaux qui venaient de me flairer. Le cou tendu. Moi et tous les autres n'étions là que pour les nourrir, faire mijoter des offrandes, les rôtir et les cuire, et les servir aux créatures sacrées. C'était ainsi, et ça le serait toujours. La société, entourée d'ombres blanches, et j'étais une de ces ombres.

Pour le Chien, les humains au-dessus de la lucarne étaient des êtres invisibles, plus grands que nature, qui l'alimentaient et lui donnaient à manger. Ils évoluaient dans une dimension inconnue et étaient capables de faire des choses auxquelles il n'aurait jamais accès. Il a fallu attendre que l'un d'eux oublie de refermer la lucarne et que le Chien saute enfin dehors pour qu'il les voie pour la première fois de ses propres yeux, jusque-là il n'avait fait que supposer leur existence. À présent il distinguait leurs visages bouffis, leurs yeux rougis par des nuits passées à faire la fête, mi-clos et défoncés, d'autres étaient couchés par terre.

Le Chien a sauté d'un bond hors du trou brûlant, comme un crapaud, et a couru, couru, couru, et il a vu qu'il était nu et qu'il ne pourrait plus jamais retourner dans le paradis oppressant, le giron chaleureux sous la terre où on lui glissait tous les jours sa nourriture par la lucarne. Des plats simples, des restes jetés sans amour sur une assiette. La plupart du temps du pain. Des haricots. Des pommes de terre. Parfois des restes de poulet.

Nido était en salle et se taisait et mangeait et goûtait et hochait la tête et attendait le finale. C'était l'heure du finale. C'est maintenant que ça se passe, a dit Valentino. L'heure du finale avait sonné.

Alors on a éteint les lumières. On ne devinait plus que les silhouettes noires des personnes à table. Nido a fait allumer une bougie parmi eux. Une lueur nerveuse tombait en tremblant sur les visages blêmes. Valentino avait toujours été un homme de spectacle. Il était connu pour ça. On l'appréciait pour ça.

Lorsque l'eau irisée dans le plat de porcelaine a été apportée en salle sur une desserte, la surface scintillait de toutes les couleurs de l'arc-en-ciel, comme de l'essence sur le bitume, mais cela avait aussi pu être les reflets de nos fantasmes.

Valentino s'est levé et est allé à la rencontre des serveuses, il leur a pris le plat brûlant et l'a posé au milieu devant Alisha, Nido, Maria Oranco et leurs lèche-bottes muets.

On s'est penché au-dessus pour regarder à l'intérieur.

Valentino se tenait debout à côté de sa propre place vide.

On voulait entendre l'histoire de cette eau argentée, était-ce des gouttes de rosée récoltées une à une dans le *Jardin des délices*, l'eau minérale provenant de réserves prélevées sur le *Titanic*, ou extraite d'un puits dans les recoins les plus secrets du Vatican ? Et d'où venait le reflet d'argent, la très fine peau chatoyante à la surface, brillante comme de la nacre, et là, au fond de l'eau, il y avait bien quelque chose qui bougeait ? Même Nido n'arrivait plus à garder son masque impassible plus longtemps, sa curiosité coulait par toutes les fissures. On ne quittait pas des yeux les lèvres de Valentino, mais Valentino ne disait rien.

Il fixait la surface de l'eau et ne disait rien.

Puis il s'est assis.

Au milieu de ses propres hôtes.

Il était arrivé au bout de son voyage, plus rien ne lui manquait, il était fatigué, excité et délivré.

Au bout d'une éternité, il a plongé sa cuillère. Les autres ont fini par faire de même, et le goût les a pénétrés jusqu'à la moelle.

« Exceptionnel » a été le dernier mot de Valentino.

Nido a retenu sa respiration.

Et a hoché la tête.

Oui. C'était exceptionnel.

Le goût de l'eau chaude donnait l'impression que quelqu'un avait eu pitié d'eux et mis pour toujours un terme à leurs souffrances.

Nido avait tordu sa bouche sans lèvres en un sourire. Le liquide s'évaporait sur son âme fiévreuse.

La nuit avait envahi la salle du restaurant, et j'avais froid. Je me suis risqué à avancer jusqu'au passe. Je guettais ce qui se passait dans la salle. Caché derrière la saillie du mur. Alisha a tourné la tête, a regardé dans ma direction et m'a vu, elle se tenait de l'autre côté de la rue et regardait vers moi, dans le snack, quelqu'un avait crié son nom.

À chaque goutte qui s'évaporait sur les langues des clients, un peu plus de lumière s'infiltrait à travers la fente de la lucarne au-dessus de leurs têtes. À chaque goutte, ils voyaient plus clairement, plus distinctement, ils se découvraient eux-mêmes, et ce qu'ils voyaient n'était pas beau. Leur nudité, leurs vertèbres saillantes sur leur colonne, comme des sauriens, les visages gelés en des faces immondes, flanquées en permanence d'un sourire figé. Ils étaient une meute de hyènes assoiffées de sang, fixant les yeux paniqués de cochons aux pattes arrière cassées, ils engloutissaient leurs cadavres, ils grimpaient sur des bœufs devenus fous, des poules blêmes et des agneaux brisés.

Et puis les yeux de cette assemblée ont éclaté comme des bulles de savon, le voile chaud et protecteur de l'aveuglement avait été arraché, et ils aimaient le Chien pour cette raison autant qu'ils le détestaient, Lily le détestait à tel point qu'elle ne savait plus ce qu'elle faisait. Elle avait fini par s'abandonner à sa peur et à sa haine, elle a frappé le Chien avec une poêle en fonte, comme si c'était un monstre ; si elle ne l'avait pas fait, le Chien se serait abattu sur nous comme le Jugement dernier, se disait-elle. Cela a pris un moment, la vie ne voulait pas le quitter comme ça, ses jambes tremblaient comme un insecte écrasé, c'était les nerfs, son esprit avait dû quitter son corps depuis longtemps déjà. Ce n'était que les nerfs.

Alisha a levé les yeux vers la clarté, elle avait déjà été assise à cette table un jour, et avait laissé les feux de la rampe tomber sur elle à travers une fente.

Puis Ça a jailli de l'eau bouillante. D'un bond, Ça a sauté à l'air libre.

Pendant des jours et des jours, les cris et les disputes s'étaient infiltrés à travers les fissures. Puis le silence était revenu. Il était jeune, même pas douze ans, il a décampé sans demander son reste, le dos voûté, la tête rentrée dans les épaules, les hommes et les femmes étaient couchés, penchés en avant, les têtes sur la table et par terre, leurs visages étaient rouges et bouffis. Leurs cheveux trempés de sueur, imbibés de nicotine, collaient à leur front. Cela faisait plusieurs jours qu'ils étaient allongés ainsi, une grande flaque luisait sur la table comme l'Amazone au crépuscule, l'eau s'était répandue, pleine de malaria et de songes obscurs, et s'était avancée plus loin au sud, dans l'arrière-pays. Des miettes de pain gorgées de vodka et du tabac brûlé avaient été rejetés sur les rives. Aucun d'eux n'avait remarqué le Chien ramper hors de son trou, la lucarne derrière lui bâillait, seule et abandonnée, il sentait sur ses dents le goût de la liberté et le vent déchaîné.

Dès le début, Alisha ne s'était pas sentie à l'aise. Cela faisait longtemps qu'elle n'avait pas vu Valentino d'aussi bonne humeur que ce soir. Au moment où elle se préparait pour la soirée, déjà, des heures avant qu'elle retrouve Tatjana pour se rendre ensemble à l'El Cion, elle avait eu un mauvais pressentiment. Lorsqu'elle a plongé sa cuillère dans l'eau irisée et l'a portée à ses lèvres, Valentino l'a regardée comme s'il la voyait pour la première fois, il souriait tendrement, imaginait passer sa main dans ses cheveux, et se disait que les années avaient filé tellement vite.

Quelques minutes plus tard, alors que la meute à table se battait pour avoir les dernières gouttes, comme si le délire les avait déjà envahis jusqu'à la pointe de leurs cheveux, comme si chacun revendiquait les derniers extraits de pénicilline, alors qu'on griffait, qu'on tirait, qu'on mordait, Alisha s'est levée et est allée dans la cuisine, elle a pris le Chien par la main, sa voiture les attendait dehors devant la porte.

Valentino et ses invités pouvaient bien se jeter les uns sur les autres comme une horde de cannibales, elle avait deux billets, un pour le Chien et un pour elle, dans quelques heures seulement ils auraient quitté le pays, personne ne connaissait leur destination, ils allaient bientôt tout laisser derrière eux, tous les cris et les disputes sur la bonne porcelaine et sur le bon cristal, le bon maquillage au bon moment, tout ça serait bientôt du passé.

Quelques longues années s'étaient écoulées, et puis la nouvelle s'était répandue que là-bas, contre les versants du quartier pauvre, il y avait une petite auberge, on connaissait quelqu'un qui savait où exactement, il s'y trouvait un homme aux yeux étranges, et il cuisinait à vous fendre le cœur, et sa femme dressait les tables avec des nappes à carreaux et veillait à ce que chacun ne goûte qu'une seule fois sa nourriture, c'était dangereux, elle disait, les gens se découvraient eux-mêmes dans leur beauté et leur laideur, dans leur désespoir et leur aspiration, et ça rendait dépendant, elle en avait connu qui étaient accros à sa cuisine comme d'autres à la seringue.

Lorsque Valentino s'est rendu compte qu'Alisha et le Chien avaient mis les bouts la même nuit, il a pensé qu'il allait mourir.

Il l'avait toujours su, et il lui avait fallu déployer des efforts inouïs pour réprimer la certitude que ces deux-là s'aimaient. Il leur a couru après d'un pas lourd, et errait à travers le pays comme un ermite, le regard hagard, il savait qu'il ne lui resterait plus beaucoup de temps, et ce n'est que de nombreuses années plus tard qu'il a trouvé quelqu'un, quelque part dans le Sud, qui avait vu son Alisha et le Chien, on disait qu'elle avait vieilli à ses côtés et qu'elle avait fini par mourir dans ses bras, que le jeune homme s'était installé ailleurs et cuisinait maintenant dans des villes lointaines, on ne savait pas très bien si c'était exact car on l'avait aperçu à plusieurs endroits en même temps. Peut-être que tout cela n'était qu'une rumeur, une histoire extravagante sortie d'un esprit en surchauffe, une illusion, une obsession qui passait d'une personne à l'autre, d'un cuisinier à l'autre, et qui ne trouvait jamais de repos, comme le racontait Sergej. Il soutenait mordicus que le Chien n'avait jamais mis les pieds à l'El Cion, il affirmait ne l'avoir jamais rencontré, pourtant je le vois encore très bien devant moi.

Il était allongé sur le carrelage blanc, ses bras et son cou étaient tordus dans une position grotesque, et ce qui restait de son visage nous souriait et se moquait de Lily, qui regardait son œuvre cruelle, pétrifiée par la peur, du reste des cuistots en cuisine, de Nido et de sa meute dans la salle du restaurant, d'Alisha, des filles du service, de nous tous. Je me suis dirigé vers le fourneau en vacillant, je me suis penché, lentement, à l'endroit où il avait cuisiné, j'ai léché les éclaboussures d'eau sur le plan en inox et j'ai fermé les yeux, et lorsque le goût de la sueur froide de la Vierge Marie, le dernier témoin de son talent divin, s'est dissous sur ma langue, je l'ai vu une dernière fois.

Ses mains étaient enfoncées dans son bomber graisseux, son regard était dirigé sur mon larynx. Les cloaques humains passaient à ses côtés sans s'arrêter, tandis qu'il se tenait devant le snack.

J'ai été le premier à avoir goûté sa cuisine. Et j'ai été le dernier.

De nombreuses années plus tard, alors que le ciel formait des flocons comme le lait mélangé au citron, alors qu'Alisha était vieille et que le Chien n'était plus là depuis longtemps, Lily a fermé le passe, l'accès à la salle, là où la haute société se retrouvait pour un dîner divin.

Remerciements

Merci à Roberto, qui m'a ouvert les portes de l'univers des cuisiniers, à Sina, qui m'a persuadé d'écrire ce roman, aux chefs Romanov et Flügge, à Karin, pour avoir remis le manuscrit entre les mains des bonnes personnes, et à Ulrike et Anna, pour avoir été ces bonnes personnes.

Imprimé en France par CPI
en mai 2021

NORD COMPO
multimédia

Composition et mise en pages
Nord Compo à Villeneuve-d'Ascq

Dépôt légal : août 2021
N° d'édition : L.01ELHN000473.N001
N° d'impression : 163505